樂讀456——初階 086

拉拉的自然筆記

文 嚴淑女　圖 郭惠芳

推薦文

用童話的眼睛看大自然

兒童文學大師　林良

本書作者嚴淑女女士，畢業於臺東大學兒童文學研究所。除了比較嚴肅的研究工作以外，她也從事兒童文學創作，為可愛的小孩子寫作。這本書《拉拉的自然筆記》，就是她為小讀者寫的兒童散文集。

散文的題材無邊無際，不過大多數都在人間生活中取材，令人讀來感到親切。嚴淑女的散文，題材卻來自大自然。她以「大自然觀察者」的身分，眼明心細的去接觸以天地為家的各種生物，然後生動的寫下她的所見和所感。她創造了另一種「親切」。

這本書區分為兩大部分：〈睫毛上的彩虹〉，也可以稱為「山林篇」，寫的是那些以山林為家的「大自然的居民」；〈三色果凍海〉，也可以稱為「海洋篇」，寫的是那些以海洋為家的「大自然的居民」。嚴淑女像寫「人」一樣的，寫了自然界的十五種生物，包括了壯碩的「瓶鼻海豚」和小小的「山窗螢」。

嚴淑女以「民胞物與」的心情去寫自然界的生物，因此全書流露出她對「自然生態保育」的關心。她以「童話的眼睛」去看自然界，因此雖然寫的是散文，卻篇篇洋溢著童話的色彩。這是這本書的特色。

為兒童寫散文，是一種「以淺語從事文學創作」的工程。嚴淑女的文字，很能避開「艱澀」，掌握「生動」。這生動易懂，易懂生動，是兒童文學的本色，也是本書的另一特色。

推薦文

與山林海洋共舞的心靈筆記

資深兒童文學作家　桂文亞

這是一本充滿自然清香，山林和海洋共舞的心靈筆記。

作者用散文與童話交織的筆法，讓我們靜靜的聽，靜靜的看；聽，聽的是海浪和鵝卵石滾動的聲音；看，看的是攀木蜥蜴與夏蟬的第一次飛行……。

作者獨特的文字風格，帶給我們一種新鮮的閱讀趣味，隨著她精心安排的自然之旅，不僅豐富了讀者對生態的認識，也為她多情敏感的奇思妙想感到驚嘆。

與拉拉一起走向接近大自然的舒適小徑

師鐸獎得主．《生物課好好玩》作者　李曼韻

看到書名，想到自己寫得最勤的文字就是自然筆記，當然深得我心。

一生志業盡在生態教育，可惜我教室裡的學生已是青少年，注意力與興趣多在同儕、網路、遊戲……等等，對於大自然充滿了陌生甚至是恐懼，要如書中主角拉拉，那樣的享受山林與海洋，是很奢侈的期待。

雖然說，大自然永遠都在，無論你何時走向它，它都會敞開胸懷迎接你。但，永遠都不嫌早的。然而，如何開始呢？有時啊，繞過一個很高的硬知識門檻，走進舒適小徑，看似迂迴卻更容易入門，甚至更快抵達目的地喔。嚴淑女老師的這本《拉拉的自然筆記》，就是一條通往大自然的舒適小徑。作者以柔軟輕巧的筆觸描述生物特徵來吸引孩子，運用豐富的想像力鋪陳自然環境的美好。加上出場的人物、劇情及地點

都很簡單，相對容易引領孩子進入虛擬的大自然殿堂，這可是艱困的任務啊。

孩子會因為喜歡描繪自然的文字，而學到生物知識、提升生態素養。例如：大群的白鷺鷥跟在耕耘機後面，是為了等著吃泥土中的蟲。還有，作者一直呼籲：自然觀察時，要安靜的聆聽、探索，這樣就能看到許多東西；也不要打擾大自然，就像去別人家要有禮貌一樣。當然了，如果能夠親子共讀，則會有加分的效果。家長若能在寒暑假期間規劃生態旅遊，協助孩子在旅行中，像拉拉一樣，以筆、以圖或照片來記錄大自然，並把這份筆記帶回課堂裡，和老師、同學分享，這無疑就是學習歷程檔案的起點了。

作者序

回歸大自然的懷抱

我是一個在山上長大的野孩子，那種赤腳在草原和土地上奔跑；爬到大樹上的祕密基地幻想；聞著青草香、野薑花香；泡在清澈溪水中捉魚蝦；用竹葉做成樹笛，吹響童年樂章的美好經驗，讓我好想回到大自然的懷抱，享受那種身心自由愉悅的日子。

自從搬到臺東，我能隨時走進蔚藍的太平洋，幻想自己閉上眼睛，躺在三色果凍海中輕輕的晃動，放鬆放鬆。我也能常常進入群山深呼吸，抬頭看見滿天的星星對我眨眼睛。我也曾在山林中遇見如同瞬間點亮耶誕樹的螢火蟲群，這些與大自然相遇的感動，必須要親身體驗，才能深刻體會。

因此，我用童話的眼睛和彩繪的筆，細細記錄我和一群孩子們探索自然發現的欣喜，希望鼓勵小孩用大自然的眼睛來看這個世界，就會發現大自然的神奇和美麗，感受大自然帶來滿滿的能量。

只要安靜，再安靜一點，就可以聽見大自然的歌唱；
只要用心，就可以看見別人看不見的東西；
只要願意，就能感受大自然的呼喚，與大自然的美麗相遇。
帶著你的小孩和心中的小孩，跟著拉拉一起出發吧！

山林筆記

海洋筆記

我是拉拉，拉拉是我

我是Angela，大家都叫我拉拉，今年八歲，住在城市裡。我有一隻女生小狗叫Snowy，因為牠的身體雪白，每次抱著牠，我都覺得我們會變成一朵白雲，一起飛上天空。

我還有一個喜歡跟我搶東西的三歲弟弟，他叫Eric，大家都叫他可可，他很愛跳舞表演。每天吃完飯，他會發給所有大人一件樂器，每個人都要跟著他的口令跳舞，只有我例外，畢竟我可是他姊姊呢！

爸爸說我們的小名不太好：拉拉腸胃不好常常拉肚子，可可一天到晚咳嗽。這也沒辦法，名字又不是我決定的。

我的興趣是看書，最喜歡動物的書。我長大後希望當個動物園管理員，那就可以天天跟老虎和無尾熊在一起了。

但是媽媽對我的志願有一點意見。不過，在我將志願換成當一位女總統之後，不知道為什麼，所有大人都笑了。

因為我也喜歡看電視和打電動玩具，媽媽希望我多到戶外走走，對身體和眼睛都會好一點。加上老師要我們做自然觀察筆記的暑假作業，所以今年暑假我會和兔兔姨、胖哥哥、爸爸、媽媽、可可和許多好朋友，一起到山林和海洋玩耍，我還會用圖畫和故事記錄我的自然觀察筆記。

準備好了嗎？讓我們一起到綠綠的山林盪秋千，到三色果凍海和魚一起游泳吧！

觀察遊戲，從放學路上開始！

「明天開始要做自然觀察筆記喔，下課！」

老師清脆響亮的聲音才一落下，我立刻抓起書包往外衝。因為我很想知道樹上那窩水藍色的蛋，到底會不會孵出有著水藍色羽毛的小鳥？早上在學校圍牆上和爬牆虎比賽爬行的咖啡色蝸牛，到底爬到頂端了沒有？

放學後，我喜歡一個人走路回家。路上總有很多新奇好玩的東西等著我。

古老的日式房子上蹲著一隻橘色斑紋貓，每次總是瞇著眼睛看著我，我也瞇著眼睛看著牠，我想，這是貓咪打招呼的方式吧。而

門口那隻沙皮狗老是懶懶的趴在地上，我揮手和牠說聲「嗨」，時間久了，牠會抬起皺成一團的臉，算是打過招呼了。

我一會兒聞著甜滋滋的扶桑花，一會兒爬到樹上看看小鳥孵出來了沒有？低頭撿拾不同顏色、不同形狀的落葉，夾在課本中；躲在電線桿後面，觀察愛雙腳跳跳跳的麻雀們，在被太陽曬得暖呼呼的小水窪旁玩打水仗，弄得全身羽毛溼漉漉的，真是有趣極了！

走到路旁的小土堆時，我發現一大群黑螞蟻慌慌張張的在洞口搬東西，我蹲下來仔細觀察，一整排的螞蟻頭碰頭，不知道在說什麼？有的螞蟻瘦瘦小小的，有的頭特別大，牠們到底在做什麼呢？

突然，一個巨大的陰影擋住了螞蟻家的陽光，是天上的烏雲嗎？烏雲竟然還說話了：「快下雨了，螞蟻在搬家。」我回頭一看，站在我後面說話的原來是兔兔姨。

我開心的說：「兔兔姨，你來得正好，老師要我們做自然觀察筆記，我想把這些有趣的動植物記錄下來。」

兔兔姨晃晃手中的小背包，拿出筆記本、鉛筆、望遠鏡、放大鏡和相機，說：「我早就幫你準備好了。但是要當個好的自然觀察者，就要學習安靜，輕聲細語，不去干擾，這樣你就可以聽見大自然的歌唱，看見別人看不見的東西。」

我微笑著點點頭，和兔兔姨蹲在土堆旁，拿起筆記本，開始記錄我的自然觀察筆記。

山林筆記

1 睫毛上的彩虹

兔兔姨的工作是背著相機，上山下海記錄美麗的臺灣。她常常會拿著照片興奮的對我說：「拉拉，你看這片葉子的紋路像不像迷宮？這個捲曲的嫩芽像不像綿羊的角？這隻在臺北街上搭便車的狗是自己跳上摩托車的呢！好有趣。還有還有，那一群招潮蟹的洞口都擺滿了泥土丸子，不知道一顆要賣多少錢？哈哈哈！」

兔兔姨總是能看到許多有趣的東西，所以，跟著她我一定可以完成有趣的自然觀察筆記。

今天兔兔姨帶我進入火車站，我的周圍擠滿胖的、瘦的、捲毛的腳。這是我第一次搭火車。

上車後，我興奮的將鼻子貼在玻璃窗上，專注的看著快速往後飛去的景物。棲息在綠色樹頂的白鷺鷥，開出了一朵朵雪白的花；火車疾駛而過，驚起一大群正在白色花叢中嬉戲的白粉蝶，朵朵小白花全飛上藍藍的天了，真是美麗！

火車經過屏東後，隨處可見挺直腰桿的檳榔樹，像穿著綠裝的軍隊，整

齊的排列著，旁邊卻是幾棵歪歪斜斜的快樂椰子樹。不知道半夜檳榔樹會不會彎下腰來歇息？我和兔兔姨胡亂編著故事：一棵檳榔樹因為受不了整天挺直腰桿的日子，決定和椰子樹結婚，生出的檳榔椰子樹，過著或躺或坐或臥的快樂日子。兩個人在開往臺東的火車上笑得前仰後合。

突然眼前一片漆黑，兔兔姨說：「南迴鐵路必須經過許多長長短短的山洞，閉起眼睛靜靜數著自己的心跳，就可以知道哪個山洞最長，還可以和太陽玩躲貓貓喔！」

我閉起眼睛，興奮的默數著。火車一出黝黑的山洞，就遇見頑皮的太陽，從雲後面跑出來，用金色的光線遮住我的臉，「哇！金色的陽光好刺眼喔！」

一路上我和太陽玩躲貓貓，過山洞時就數著自己的心跳，最長的一個山洞，總共要數到三百多下才能通過呢。

有時我瞇著眼，偷看山洞的岩壁透出些許亮光，我立刻用衣服蓋住頭，哈哈！嚇不到我了。貼在玻璃窗外的陽光，一定會說：「不公平，不公平！」

經過重重疊疊的群山之後，視野漸漸遼闊。我將臉貼近玻璃窗，看著三色果凍般藍綠的海，細細的陽光宛如冰糖，耀眼得使我瞇起雙眼，隨著火車匡啷匡啷規律的心跳聲，慢慢進入夢鄉。

我輕閉著眼睛，老是覺得有細細的東西在我眼皮上跳動。當我

微微張開眼睛，就看見了睫毛上的彩虹，正在我被陽光晒得暖暖的眼皮上踢踏踢踏的跳舞。我輕眨著眼睛，深怕一張開眼，睫毛上的彩虹就會消失。

我推推兔兔姨：「你有沒有看見我睫毛上的彩虹？」

兔兔姨揉揉惺忪的眼，貼近我的眼皮：「沒有啊？」

「你要瞇著眼睛，像這樣微微的張開，才能看到睫毛上的彩虹，你學我的樣子。」我和兔兔姨怪模怪樣的眨著眼睛。

兔兔姨打著呵欠，半瞇著眼睛說：「不同的角度會出現紅色、綠色，有時是全黑的。還可以感覺眼皮在跳動，好有趣喔！可是為什麼我看不到睫毛上的彩虹呢？」兔兔姨湊到我的眼前，仔細的看了又看。

「哈！我知道了！你先瞇著眼睛。」

兔兔姨把窗簾拉起來，再從冰鎮過的水壺周圍，用小指尖沾起一顆又一顆的小水珠，輕輕滴在我捲捲的睫毛上，又把我拉近窗戶邊。「嘩」一聲，窗簾被打開，陽光一下子全跑進了車廂。

「哇！我的睫毛上有好多彩虹喔！有些還轉著像肥皂泡泡上的彩虹呢！」

兔兔姨得意的說：「你第一次看到睫毛上的彩虹，一定是你打呵欠的淚珠不小心滾到睫毛上，經過陽光照射的結果。」

兔兔姨說：「實驗成功！我也要看看。」

我也學兔兔姨沾起許多小水珠滴在她的睫毛上，兩個人玩得開心極了。這可是一項新發現，我趕緊記錄在筆記本中，回去後可以和同學分享。

兔兔姨說：「我們不應該獨享太陽公公送給我們的禮物。」

她突然跑到車廂前面，彎個腰，行個禮，向車上的旅客說：

「歡迎搭乘七號幸福列車，前往臺東日升之鄉——太麻里，太陽公公現在要送大家一個禮物，就是睫毛上的彩虹，請各位乘客到前面來領取禮物。」

車上的旅客面對這突如奇來的舉動，都顯得不知所措，每個人臉上都出現奇怪的表情，一陣令人尷尬的沉默蔓延在車廂裡。

我覺得臉上發燙，悄悄的從椅背上溜下來，拉拉兔兔姨的袖子：「兔兔姨，好丟臉喔！」

兔兔姨微笑的站立著，她還在等。窗外藍藍的天空、藍藍的大海和金黃的陽光，都陪著兔兔姨等待。

這時，坐在我們後面的小女孩問媽媽：「那位阿姨說，太陽公公要送我們睫毛上的彩虹耶！」

媽媽一把摟住小女孩：「別聽她亂講，那一定是騙人的。」小女孩被媽媽突如其來的舉動嚇哭了，串串淚珠滾到睫毛上。小女孩的媽媽生氣的瞪著兔兔姨。

突然，小女孩大聲的叫著：「我看見了，陽光在我的眼皮上踢

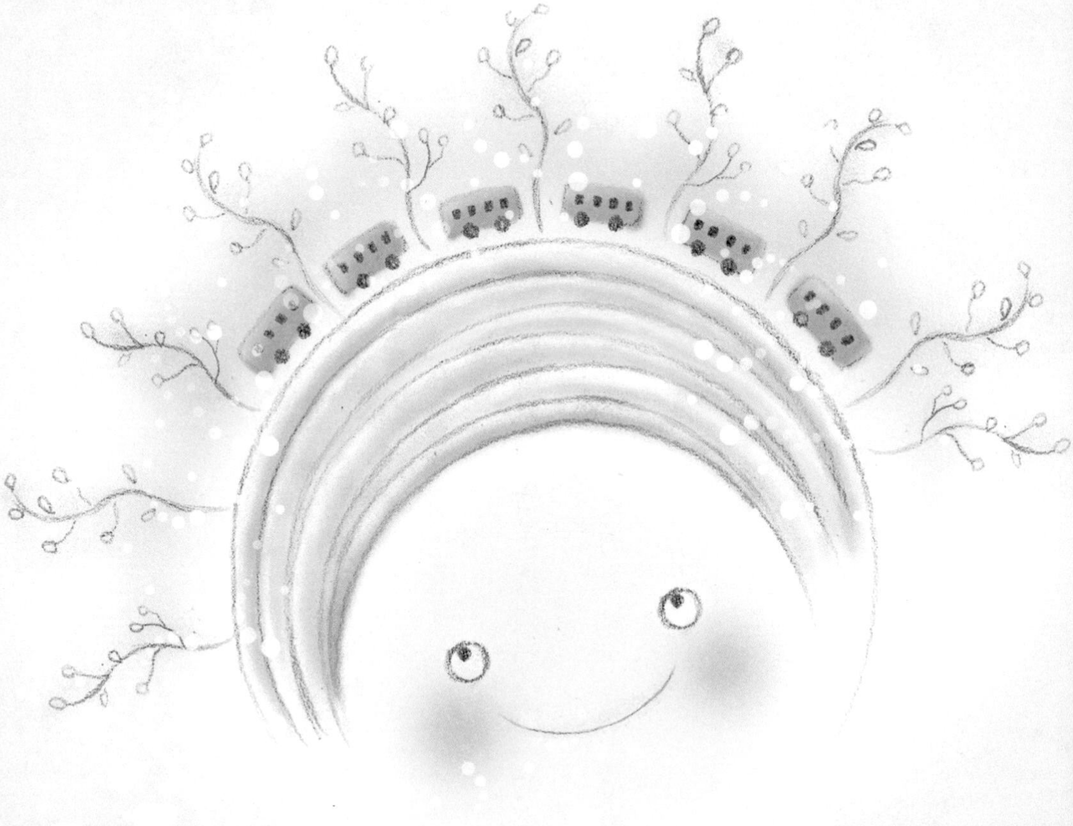

踏踢踏的跳舞，睫毛上真的有彩虹耶！」

我和兔兔姨相視而笑，坐回自己的位置上。

火車匡啷匡啷的繼續往前奔馳，金黃色的車廂載我們飛越大海，繼續未完成的旅程。我偷偷趴在椅背上，看見坐在窗邊的乘客都放下手中的手機、電動玩具，瞇著眼睛看著大海中閃動的金光；坐在靠走道的乘客也伸長脖子望著窗外藍藍的大海，臉上露出一朵朵微笑的花。

那年夏天的清晨，金黃色的七號幸福列車載著一群幸福的人，開往幸福的國度。

彩虹

雨後天空出現彩虹，是一種折射現象。太陽光由七種色光（紅、橙、黃、綠、藍、靛、紫）組成，這七種色光在空氣中行進的速度一樣，混合成白色。下過雨後，浮在大氣中的小水滴，產生和稜鏡一樣的作用，陽光透過小雨滴折射出來，就出現了七色彩虹。

2 我的石頭

兔兔姨騎著租來的小摩托車，載我沿著臺東太麻里的海邊公路慢慢騎。我瞇起眼睛看著深深淺淺的蘋果綠、薄荷藍、墨水藍的海水，在耀眼的金色陽光下安靜的做著日光浴。愛玩的浪花打著赤腳從遠方飛奔到沙灘上，一遍又一遍熱情的招呼著沙灘：「來玩吧！來玩吧！」

忙著和沙蟹玩捉迷藏的沙灘，似乎正在專心猜測這些偽裝高手會從哪個洞中跑出來，沒空理它們。可憐的浪花就這樣一直跑過來跑過去。

我將環抱著兔兔姨的雙手鬆開，在她肚皮上戳三下，這是我們的停車密語。兔兔姨將車靠邊停，我說：「我們去陪海浪玩吧！浪花一直跑來跑去好可憐喔。」

兔兔姨瞇著眼看著白花花的海浪，搧動她的大耳朵：「嗯，我也聽到海浪說，天氣這麼熱，下來打水仗，很過癮喔！」

兔兔姨把摩托車停在路邊，我們立刻脫下鞋子，衝向大海邊。興奮的海浪一波波衝向岸邊。我和兔兔姨站在靠近海浪的沙灘上，一瞧見浪花歡快的身影，就立刻往前衝，「來啊！來啊！你捉不到我！」

剛開始，浪花只噴溼了我的褲管。可是一個不留神，浪花立刻噴溼了我和兔兔姨的屁股，開出了一大朵深色的水花。

突然，我的眼睛閃過一道綠光，在浪花退去溼溼亮亮的沙灘上，躺著一顆墨綠色的石頭，上面有一道道深色的網狀線條，很像小玉西瓜呢。

兔兔姨拿著這顆石頭看了又看，發表看法：「這顆有可能是很貴的西瓜石，聽說颱風過後還可以撿到藍寶石呢。」

哇！可能撿到寶石！興奮的我開始低頭撿石頭，不喜歡或太醜的就隨手一丟。

「拉拉，你聽海浪和鵝卵石滾動的聲音，合奏出嘩啦啦的音樂，真好聽；海藍得令人想躺在上面，隨著波浪輕輕的晃動。」兔兔姨坐在海邊呼喚我。

「嗯，我正在撿石頭，不要吵我。」

我的口袋中已裝滿各式各樣的石頭，但是我還是繼續彎著腰。直到看見一雙熟悉的腳橫在我的眼前，我才抬起頭。

「拉拉，你有沒有發現一件事？」兔兔姨要我環顧四周。

「我看見在海邊，大家都彎著腰努力的找東西。」我回答兔兔姨的問題。

「因為你急著想找到珍貴的寶石，所以看不見大自然的美。」

兔兔姨又隨手撿起一塊石頭，輕撫著說：「海浪是一位藝術家，能

發掘石頭心中的美麗，細細的雕琢，讓每顆石頭經過千百萬年的琢磨，呈現自己獨特的美麗紋路。渾圓、雪白、晶亮、灰褐，每一顆都很美。」

我掏出口袋中的石頭細細觀察，真的每一顆都不一樣，擁有不同的美麗紋路。

兔兔姨又說：「石頭在這片沙灘上住了千百萬年了，你要帶走，應該問問石頭是否願意跟你回家？不要隨便撿，隨便丟。而且這顆可能是寄居蟹坐著看海的石頭，那顆是和螃蟹玩剪刀石頭布的石頭，如果你拿走了，牠們找不到，會很難過的。」

「啊，我從來沒有想過這個問題。」

我摸著形狀像小鯨魚的石頭，是如此光滑、美麗。或許千百萬年來，它總在白天和海浪玩跳遠的遊戲，夜晚海浪送它回到沙灘上的家，它和其他石頭朋友靜靜躺在沙灘上，看著月光從海面升起，聊聊還沒變成鯨魚形狀的自己。

我拿出口袋中所有的石頭，輕輕放在沙灘上，對兔兔姨說：「我決定讓小鯨魚石頭和其他石頭留在沙灘上，這樣寄居蟹和螃蟹就不會難過了。」我和兔兔姨相視而笑。

鵝卵石隨著海浪嘩啦啦滾動的聲音，好像一首催眠曲，我們就這樣坐在海邊，聽石頭和海浪的歌。

兔兔姨用冰涼的沙石埋住我的腳，走在沙灘上，有些貝殼沙黏

在我的褲管，想要跟我回家，我輕輕撥落，「別跟，別跟，大海、沙灘才是你們的家。」

下次再來這片沙灘時，我會知道在眾多石頭中，有一顆會玩跳遠的「小鯨魚石頭」，只有我才擁有會跳遠的石頭，那種感覺一定很棒。

西瓜石

西瓜石是因為色澤與紋路很像西瓜而得名，花蓮、臺東兩縣的海岸都曾發現它的蹤跡，產地以臺東縣東河鄉到成功港沿岸為主。西瓜石外表具有球狀變化的特性，經海水長期拍洗，常形成抽象的造型，深受許多石頭收藏家的喜愛。

3 山林筆記

早起的攀木蜥蜴

清晨六點，兔兔姨就把我從暖暖的被窩中挖起來，準備去琵琶湖騎腳踏車。她說：「清晨的琵琶湖邊有許多動物活動，很值得觀察記錄。」

琵琶湖的湖水清澈透明，一群群的魚優游其中。坐在涼亭邊還可以聽到不同的鳥叫聲。五色鳥鮮明的「扣——扣——扣」聲，叫醒沉睡的黑森林，也叫醒打著呵欠，一副愛睏模樣的我。

「你們看，那隻長得好像《侏儸紀》電影中的小恐龍喔！」

聽到小驊的呼喊聲，我們趕緊湊過去。樹幹上有一隻怪模怪樣的爬蟲類動物，真的滿像電影中的小恐龍。

兔兔姨說：「這是攀木蜥蜴。附近樹幹上應該還會有，你們仔細找找。」大家開始分頭去尋找，盡量不要發出聲音。其中一隻攀木蜥蜴雖然用一片咖啡色的枯葉蓋住身體，在樹幹上偷偷移動，還是被眼尖的兔兔姨發現。

為了讓我們觀察，又不傷害這隻公的攀木蜥蜴，兔兔姨用野草的嫩莖做了個活結，輕輕套住攀木蜥蜴的脖子。攀木蜥蜴試著掙脫無效後，只好停住不動，偶爾扭動脖子、轉轉眼睛。兔兔姨一邊講解攀木蜥蜴的特性，我們忙著用筆記錄牠的特徵。

這時候，胖哥哥在另外一棵樹下比手畫腳要我們過去。我們一到樹下，看見一隻攀木蜥蜴竟然睡得四腳朝天，不管我們怎麼戳，牠還是睡，真能睡啊！

「要怎麼樣才能叫醒牠呢？」我好奇的問。

兔兔姨說：「把牠身體翻過來就可以了。」

真的耶！攀木蜥蜴一骨碌醒過來，還不知道發生什麼事，迷迷糊糊的跌了一跤，把我們都逗笑了！

觀察結束後，小驊說：「我想帶牠回家當寵物，因為攀木蜥蜴好像小型的恐龍喔！如果同學知道我有一隻寵物恐龍，一定羨慕得不得了，我還可以幫牠戴上項圈，帶到公園散步。」

「那可不行！」我著急的說。

兔兔姨也說：「拉拉說的對。我們只能觀察，不能隨便帶牠們回家，否則牠們很快就會死掉，大自然才是牠們的家。」

小驊雖然有點不願意，還是點點頭，放了攀木蜥蜴。

兔兔姨一邊鬆開套住攀木蜥蜴的活結，一邊說：「俗話說：『早起的鳥兒有蟲吃』，早起的蜥蜴被觀察，我們應該謝謝這隻攀木蜥蜴。」

我們站成一排，恭恭敬敬一鞠躬，說：「蜥蜴，謝謝你！」攀木蜥蜴扭扭脖子，慢慢走進草叢中。不知道牠會不會後悔今天起了個大早？

攀木蜥蜴

攀木蜥蜴乍看之下很像小恐龍，牠們以昆蟲為食，是不具攻擊性的爬蟲類。但是當牠猛點頭或者做出「伏地挺身」動作的時

候，就表示牠的領域遭受侵犯而展示威嚴，並不是在點頭示好或處罰自己。攀木蜥蜴常見於枝幹上或灌木叢中，通常一棵樹只有一隻攀木蜥蜴。有其他攀木蜥蜴靠近時，牠會驅趕入侵者，確保勢力範圍。受到攻擊，來不及逃跑時，還會四腳朝天躺著裝死。

4 山林筆記

小鳥安全帽

兔兔姨說：「拉拉，今天我們要到關山騎腳踏車，看油菜花。」

「關山？好怪的地名喔，是不是把山都關起來了呢？」我好奇的問。

兔兔姨說：「你的想法挺有趣的。那龜殼花就是烏龜殼上插著一朵花；牽牛花就是一朵花牽著一頭牛了。」

腦海中浮現一朵花牽著一頭牛的逗趣模樣，我們忍不住咯咯的笑，開始玩起這種有趣的文字遊戲。

關山鎮公所規劃了一條只能騎腳踏車休閒的環鎮公路，全長十一公里，一路上都是金黃的油菜花田，襯著湛藍的天空，油菜花顯得更加金黃耀眼。

一大群白鷺鷥雪白的身影跟在一輛耕耘機後面，等著吃躲在泥土中肥肥嫩嫩的胖蟲蟲。而這些開滿燦爛黃花的油菜花，在吸收太陽的光和熱之後，隨著耕耘機，將這些光和熱與土壤中的小蚯蚓、小昆蟲分享。

在深深涼涼的土壤中，油菜花點亮金黃色的小花燈，說起地面上的風和雨水、稻田中的稻草人、唧唧喳喳的麻雀，為地底下的動物、昆蟲帶來溫暖、養分和歡樂。

泥土的芳香，從遠方傳來，我深吸一口氣，努力往前騎。騎到一個轉彎處，就準備要連續下坡了。我最喜歡這一段，不用費力的踩踏板，風從耳邊呼嘯而過，「呀呼！呀呼！」我開心的亂吼亂叫。

突然，一隻逆風飛翔的小鳥朝我撞過來，我趕快緊急煞車，卻一直撞到下坡盡頭的輪胎

牆、翻滾到路旁的金針花田才停下來。

「哇！好痛喔！流血了。」兔兔姨、胖哥哥和張叔叔趕緊將我扶起來，那隻小鳥也跌落在地上。

張叔叔是骨科醫生，他摸摸我的頭和腿，還好只是擦破皮而已。小鳥可就沒那麼幸運了，張叔叔摸摸小鳥小巧的腳，牠的右

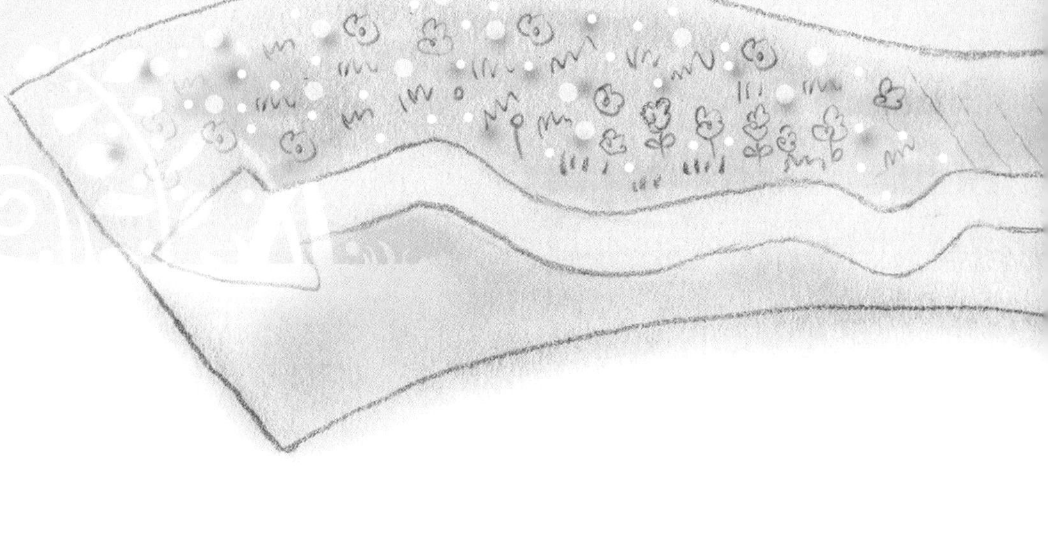

腳骨折了。張叔叔用小樹枝將腳固定起來，準備帶回去好好治療。

兔兔姨說：「下次應該戴安全帽。」

我說：「那小鳥也應該戴安全帽才對。」

張叔叔說：「這個下坡太危險了，我應該在下坡處開一家小鳥醫院，兼賣小鳥安全帽，生意一定好得不得了。」

原來這個下坡也是小鳥最喜歡的遊樂場，可以比賽逆風飛翔，還能順勢享受涼風吹過翅膀的快樂。但是一不小心就會和遊客相撞，就像我現在一樣。

張叔叔說我是「肇事者」，應該負責照顧小鳥，直到牠康復再放回山林。

我將小鳥帶回家，每天照顧牠，替牠換藥，還在筆記本中記錄小鳥單腳跳的模樣。

另外，我和張叔叔一起設計了不同顏色、不同造型的小鳥安全帽：烏頭翁戴黑色安全帽附飛行眼罩；綠繡眼戴綠色螢光安全帽；那五色鳥就戴會變色的彩色安全帽嘍。

如果下次你到關山騎腳踏車時，看到各種顏色的安全帽在迎風處飛舞，那就是我設計的小鳥安全帽，歡迎各地的小鳥踴躍訂購。

五色鳥

五色鳥和啄木鳥一樣，喜歡住在乾燥而通風的地方，常在枯木上打洞築巢。

在臺灣原始闊葉林中，五色鳥集紅、黃、藍、黑、綠於一「頭」，加上翠綠色的身體，是最好的迷彩裝備，不易被發現蹤跡。但郊外常可以聽到牠們「扣——扣——扣——」敲木魚般的叫聲，從每年三月生殖季節到六、七月，「一夫一妻」的五色鳥更是一前一後不停搭唱應和。

5 紅葉星谷

山林筆記

兔兔姨對陳叔叔說，好久沒有看到螢火蟲了。小時候住在山上阿嬤的家，一到晚上，滿天飛舞的螢火蟲就如同夜空中的星星一樣美麗。

陳叔叔說，一定要有乾淨的溪流、不受汙染的草叢，才會有螢火蟲。

為了尋找螢火蟲，我們晚上七點鐘出發，開車經過彎彎曲曲的小路，來到臺東延平鄉的紅葉部落。

山谷中有野溪溫泉，我們在溪流中挖出一個洞，引溪邊的溪水降溫。我和兔兔姨一點一點的滑入洞中，身體被暖暖的溫泉圍繞，耳邊聽著蛙鼓蟲鳴，滿眼盡是一閃一閃的小星星，跟平常在溫泉旅館泡的感覺很不一樣。

泡完溫泉後，我們坐在草地上，吹著清涼的晚風，看著紅葉山谷被四周高大的群山圍繞，滿天的星星因為沒有任何光害，顯得更加明亮，像是隨手就可摘下的銀河星星果。我從來沒有看過這麼多星星，興奮的說：「這裡應該改名為紅葉星星谷。」

胖哥哥也是第一次看到那麼多星星，他決定要等待流星，許下他的願望。

奇怪的是，我們看到好多流星，他卻連一顆都沒瞧見。一問之下，才知道他許的願竟然是要一輛休旅車，我說：「你的願望太大了，流星嚇得緊緊捉住天空，不敢掉下來。」

胖哥哥不相信，一直仰著頭望著天空，脖子痠死了，就是看不見一顆流星。

陳叔叔說這裡除了星星之外，應該會有螢火蟲，因為深山裡的環境尚未受到汙染，有乾淨的溪水和供螢火蟲休息的青草。

我們把觀察箱準備好，等著和螢火蟲面對面的接觸。

等了好久，沒有螢火蟲出現，大家都好失望，上車準備回家了。我們的車殿後，我倚在車窗邊，吹著涼風，雖然有點失望，但是我也看到滿天的星星啦！說不定螢火蟲都飛到天上去玩耍了呢。

突然，在墨黑的樹林中，一閃，又一閃。我睜大眼睛，伸出手揮舞著：「螢火蟲！有一隻提著燈籠的螢火蟲耶！」

前面的車被我一叫，都停下來，以為遇到蛇了呢。

在沒有月亮的山谷中，螢火蟲就像從天上飛下來的小星星。大家高興的說，真的是螢火蟲耶！奇怪的是，自從遇見那隻螢火蟲之後，路邊沾滿水珠的草叢就開始出現一閃一閃的亮光，「哇！螢火蟲！好多螢火蟲！」

螢火蟲就像落在草地上的星星，一閃一閃的光，在我們眼中開出一朵朵黃色的小花。

陳叔叔捉了一隻螢火蟲，放進觀察盒：「這是山窗螢，是大型螢火蟲的幼蟲，螢火蟲小時候是肉食的，長大後卻只喝露水及花粉。」

我今天才知道，原來螢火蟲還吃素呢。

那天晚上，再也沒有遇見飛舞的螢火蟲，只有在草叢中閃閃發光的幼蟲。我想，那隻提著燈籠的螢火蟲是來告訴我們：「別走！別走！在紅葉星星谷將會有一場螢火蟲的夜光晚會。」

陳叔叔說：「只要很想很想遇見螢火蟲，就會遇見。或許以前我們都有和大自然說話的能力，那隻螢火蟲一定感覺到我們的善意，才願意出現。」

兔兔姨也說：「自然觀察時，最好靜靜的聽，靜靜的看，就可以看到許多別人看不見的東西，聽到大自然的輕聲細語。不要打擾大自然，就像到別人家中要有禮貌一樣，來到螢火蟲的家，要好好保護，下次牠們才歡迎你再來呀！」

我們將觀察盒中的螢火蟲小心放回草叢。

我望著天上的星星和山谷中閃閃發亮的螢火蟲，心想，或許紅葉星星谷的螢火蟲是天上愛玩的星星變的，每天晚上飛下來玩耍，白天再飛回去睡覺。

我對著星星眨眨眼，滿天星星也對我眨眨眼，這是我和紅葉星星谷所有星星的祕密。

山窗螢

山窗螢是陸生的螢火蟲，雌雄都會發光，幼蟲發光持續，不會有閃爍的情況。幼蟲主要以蝸牛為食，成蟲通常只喝水，每年十月至十二月，多出現在臺灣中低海拔的山區，是秋季山間小路常見的螢火蟲，也是目前臺灣體型最大的螢火蟲。

山林筆記

6 風的氣味

天氣晴朗，起風的下午，我邀請涼風和我一起入睡。隨著飄動的窗簾，在甜甜的夢鄉裡尋找水藍色的小花。

朦朧中，我看見一朵小黃花慢慢探進窗戶邊，搖晃著花瓣說：「嘿！別睡了，這麼好的天氣適合和風一起散步，和小花一起喝喝花茶。」我揉揉惺忪的眼，一定是兔兔姨來了。

兔兔姨牽著我的手，沿著隔壁奶奶的菜園小路，往公園走去。

在開滿野花小草的小路上，兔兔姨閉上眼睛，張開手臂，深深吸一口氣，微笑著說：「這風帶來夏天海洋的氣味，還有一種遙遠記憶的味道。」

我也閉上眼睛，張開手臂，深吸一口氣：「嗯，風中有一種特別的氣味，讓人覺得很舒服。」

「夏天回來了！」兔兔姨拉著我一起跑向公園的大草坪。

安靜的下午，在我們平常玩的沙坑，留著被遺忘的黃色小水桶和鏟子，孤單的陷在沙子裡。安靜的公園裡除了我和兔兔姨，還有在枝頭上、草地上跳上跳下的小麻雀。

我們躺在公園裡的草地上聽風的聲音、聞風的氣味，看風在樹梢和樹葉間嬉鬧，隱約可以聽到它們的笑鬧聲。

陽光從綠葉的縫隙中灑落，斑斑點點的影子也隨著風搖動。菩提葉輕輕的搖晃身後的長尾巴；和風替椰子樹梳順那一頭被陽光擾亂的綠髮；愛玩的風把香蕉樹的巨大葉片撕成好幾條綠綠的細辮子。

我和兔兔姨一起回想風的氣味。春風柔軟而甜美，夏風燥熱黏膩，秋風孤單寂寞，冬風總在門外哭泣著，希望進來溫暖的房子裡歇一歇。從海邊吹來的

風，有點鹹鹹的；從薰衣草花田吹來的風，帶著令人放鬆而迷醉的氣味。

我們就這樣躺在綠草地上，聞著風從遠方送來不同的氣味，數著藍天上的白雲，一隻鯨魚媽媽帶著小鯨魚悠閒的飄浮著，不知要到哪裡？山頭那邊聚集越來越多的灰雲，「哇！是一隻張開嘴巴的大野狼，要吃掉小綿羊了。」

兔兔姨說：「嗯，雲飄動的速度越來越快，顏色也慢慢變灰，一定是快下

雨了，你聞一聞風的氣味。」

我揉揉鼻子，快下雨的空氣中充滿溼潤而帶著涼意的味道，鼻子聞起來也溼溼的，花、草、樹梢的葉子也興奮的簌簌作響。

兔兔姨撐起小陽傘，輕盈的傘被風往上吹起，風也將她的綠風衣吹得鼓起來，我緊捉著兔兔姨，就像捉著《龍貓》電影中胖胖的多多龍一樣。頑皮的兔兔姨也一定覺得自己很像多多龍，她

低頭對我露齒一笑，學多多龍用指尖捏著小陽傘，大吼一聲：「吼……！」

我捉緊她的風衣，彷彿隨時都會隨著風旋轉飛上天。我們就在公園的青草地上旋轉飛舞，我開心的喊著：「哇！變成多多龍了！」

豆大的雨滴隨著旋轉的小陽傘，飛灑四射。玩得頭都暈了，我和兔兔姨就躲在小陽傘形成的雨簾下，觀察下雨的公園。

過了一會兒，竟然發現草地上的小螞蟻、綠色蚱蜢、紅色小瓢蟲都來我們的傘下躲雨，我趕緊拿出筆記本，將牠們可愛的模樣記錄下來。

這場雨來得急，去得也快，兔兔姨說這是典型的午後雷陣雨。太陽從灰厚的雲層後露出熱情的臉，被雨清洗過的樹葉，鮮綠宜人。下過雨的柏油路上冒著熱氣，躲在裡面的陽光全跑了出來，空氣中充滿陽光的味道。

下過雨的空氣更加清新舒暢，我和兔兔姨張開手臂，大大吸了一口氣：「嗯，真是舒服的氣味。」

我們沿著公園的小路，慢慢散步回家。

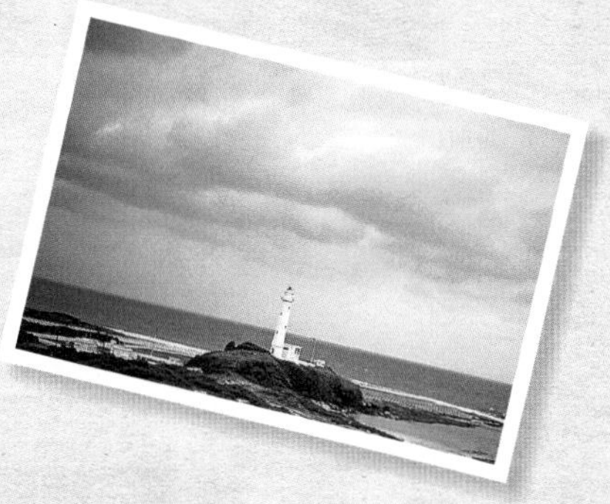

積雨雲

積雨雲是一種體積龐大的降雨雲塊，通常由積雲發展而來。雲朵底部多半是暗黑色，頂端有時候十分平滑或呈羽毛狀的卷雲。積雨雲的內部有強大的上升氣流，下方會分裂變成高積雲和層積雲，形成很多雲，可說是製造雲的工廠。積雨雲常伴隨雷電，降雨時，雨勢相當驚人，雨滴如豆，偶爾還會夾帶冰雹！

7 山林筆記

蟲蟲菜園

為了做自然觀察筆記，兔兔姨帶我回到有美麗綠色隧道的臺南阿嬤家，她說：「阿嬤的菜園裡有許多好玩的東西，是做自然觀察最好的地方呢！」

我覺得阿嬤的手指是有魔法的綠手指，因為她種的菜總是又大、又甜、又好吃。

每當蔬菜成熟時，阿嬤會在清晨五點到田裡摘裹著千層綠衣的神祕高麗菜、手拉手擠成一片的小白菜、像綠湯匙的青江菜、羞紅臉的紅蘿蔔、嚇得臉色發白的白蘿蔔……。

我和兔兔姨就提著竹籃子，將沾著清晨露珠、新鮮可愛的青菜分送給村子裡的親戚朋友。只要吃過阿嬤種的菜，就會有一種幸福的感覺，總覺得外面賣的菜似乎缺少了什麼東西。

阿嬤說她種菜的魔法祕方，就是除了早晚給蔬菜豐富的水和養分之外，還要加上愛心，讓蔬菜自然長大。外面的菜農為了加速收成時間，總是灑了加速成長的藥，傷害了菜，也傷害土地，所以菜怎麼會好吃呢？

在茶業改良場上班、頭上亮晶晶的吳叔叔說，他曾做過一個實驗，在一片土地上施有機肥料，另一片使用大量的化學肥料，結果施用有機肥料的田中，結出來的果實雖然比較小、比較醜，卻很甜、很好吃。所以植物是有生命的，能感受到土地的變化。

阿嬤種的菜不僅人愛吃，連蟲蟲都愛吃。阿嬤總是說：「為什麼只有人可以吃好吃的蔬菜，卻不准蟲蟲吃最新鮮、最好吃的葉子呢？」

所以阿嬤種的菜從來不灑農藥，畢竟殘留的農藥還是會吃進我們肚子裡。

但是因為菜蟲總是搶著吃嫩葉，所以她和阿公每天早晨澆完水後，就在綠色的蔬菜田中捉綠色的蟲蟲，再將蟲蟲送到她開闢的一小塊地，這裡的蔬菜都是專門給蟲蟲吃的，我叫它「蟲蟲菜園」。

青綠色的小蟲身體軟軟的，看起來有點恐怖，我和兔兔姨用小樹枝，將一隻隻的綠色毛毛蟲撥到一片高麗菜葉中，等到這輛直達蟲蟲菜園的高麗菜公車再也擠不下了，就由我這個巨人快速將它移到蟲蟲菜園。

偶爾有些頑皮又沒繫上安全帶的蟲蟲會摔落地面，就只得用湯匙菜充當擔架，送到蟲蟲醫院了。

我怕蟲蟲不知道阿嬤新開的蟲蟲菜園，所以用菜葉畫了一張地圖，標示菜園的位置，還附上高麗菜公車的發車時間表，否則以這些蟲蟲一扭一扭的速度，等牠們爬到蟲蟲菜園時，恐怕已經變成蝴蝶了。

另外，我還在蟲蟲菜園做了一個標示牌：

不管你是什麼蟲蟲，都可以來這裡吃菜葉，二十四小時開放，免費喔！請大家告訴大家。

自從有了蟲蟲菜園後，阿嬤菜園裡的蟲就慢慢變少了，而蟲蟲菜園卻幾乎天天客滿。

不同顏色的蟲蟲，不停的吃吃吃，吃完就睡覺。我每天拿量尺記錄這些蟲長大的速度，直到牠們將自己包在咖啡色的「睡袋」中，不再吃、不再動。

有一天，我一走近蟲蟲菜園，嘩！成群的紋白蝶飛起來，就像一朵朵飛舞的小白花，落在我的頭髮上、衣服上。

「哇！綠色蟲蟲已經變成美麗的紋白蝶了！」

我大聲告訴飛舞著的紋白蝶：「要產卵時，記得回到阿嬤的蟲蟲菜園，這樣你們的寶寶就有吃不完的青菜，可以長得又快又壯喔！」

我相信明年一定可以再見到紋白蝶的綠色寶寶，因為阿嬤的蟲蟲菜園是牠們最安全、最溫暖的家。

紋白蝶

紋白蝶全年可見，在春季比較多，從平地到中海拔山區都有，喜歡訪花、吸食水液。牠們的卵長約一公厘，黃色炮彈狀，雌蝶通常會將卵產在十字花科的植物上，如：小白菜、蘿蔔、油菜……，因此在菜園常可見到紋白蝶飛舞，牠們正在找尋最佳產卵地點。

山林筆記

8 畫圖蟲

天才濛濛亮，大家都還在睡夢中，我聽見窗外的麻雀吱吱喳喳的聊天，就從硬硬的木板床上滑下來。剛好看見阿嬤正包上黃色頭巾，戴上斗笠，我問：「阿嬤！你要去哪裡？」

「欲來去挽菜！透早挽的菜上蓋甜，上蓋清脆。」阿嬤說。

「我嘛欲去。」

阿嬤幫我套上沾著泥土的藍色雨鞋，包上頭巾，戴上斗笠，拿起竹籃，出發到阿嬤的菜園採收蔬菜。

平常都是跟著媽媽到菜市場裡買菜，從來沒看過長在田裡的菜，我興奮的跟在阿嬤後面，像隻小兔子似的蹦蹦跳。穿過草叢，走過窄窄的田埂，清晨的露珠紛紛跳上我的小腿肚，冰冰涼涼的，是一種很開心的舒服感受。

阿嬤的菜園是一大片深深淺淺的綠，還種著綠色的條紋西瓜呢。我看著挺直腰桿排排站的玉蜀黍，露出嫩綠、咖啡色的鬍鬚，阿嬤摸摸玉蜀黍說：「摸起來飽飽的、鬍鬚又變成咖啡色，就可以吃了。」

我抱著一堆玉蜀黍跑向水井邊，因為太重了，跌倒在地上，連藍色雨鞋也飛掉了。清晨微溼的泥土香，沁入鼻間，好舒服喔！我踢掉雨鞋，打著赤腳，就在被露水沾溼的泥土上邊跑邊叫：「呀呼！呀呼！」

土黃色的泥土上留下一個個深深淺淺的腳印。奇怪的是，當腳掌接觸到涼涼的泥土時，心裡會有一種說不出的快樂，臉上也會自然開出一朵朵微笑的花。

阿嬤蹲在青綠、墨綠、碧綠的菜園中。嫩綠的小白菜、青江菜緊緊的依偎在一起，在清晨的露珠中顯得青翠可愛。

阿嬤尖尖的斗笠就像會移動的土黃色小山，「愛小心啊，不要跌倒喔！」阿嬤的聲音不時從小山下傳來。

沒多久，阿嬤旁邊也多了一座翠綠的小山。

我趴在地上看著螞蟻慌慌張張的走路，還發現一隻縮在玉蜀黍葉上睡覺的小蝸牛，一定是昨晚太貪玩了。露水沾溼牠奶油色的房子，我用指尖點起一滴小露珠滴在牠身上，但牠就是不肯起床。

等我逛到四季豆棚下時，發現四季豆墨綠色的葉子上爬滿一條又一條彎彎曲曲的線，再往上下左右看，哇！幾乎整片豆棚都被畫滿了。

我高聲呼喊阿嬤：「阿嬤，你緊來看，這是啥物？」

戴著斗笠的阿嬤放下手中的湯匙菜，慢慢走到豆棚下，說：

「哦，彼是畫圖蟲啦！」

阿嬤說，畫圖蟲不只喜歡在葉子上畫圖，還會在嫩嫩的白菜

上、圓圓的西瓜上畫圖喔。

我睜大眼睛：「畫圖蟲是不是用扭來扭去的身體畫圖呢？阿嬤你看過畫圖蟲長什麼樣子嗎？」

「沒看過啦，不過一定真搞怪，喜歡扭來扭去跳舞啦。」

阿嬤摘下一片布滿圖案的葉子遞給我，「這是畫圖蟲伊厝的地圖啦，你看覓，是不是可以找到伊厝住在佗位？」

我立刻發揮福爾摩斯的精神，拿起兔兔姨替我買的超級傻瓜相機，又到豆棚、菜園、西瓜田，將畫圖蟲畫過的葉子圖案拍下來，並記錄在我的筆記本。

說不定圖案中藏著畫圖蟲要告訴我的訊息呢，如果解開這個謎團，就能找到畫圖蟲吧？

或許畫圖蟲不只一隻，而是整個族群，否則這麼大片的豆棚，怎麼畫得完？是不是要像畫家一樣先打草稿，設計出圖案？為什麼面向陽光的圖案會出現暗紅的顏色，而陽光照不到的地方是白色或土黃色的呢？或許畫圖蟲剛爬過溼潤的泥土，所以才染上一層黃或紅吧？這都是天然的顏料呢。

但是下雨時會不會被沖刷掉呢？我小心翼翼的用指尖沾起草尖上的露珠，輕輕滴在葉子上，透過露珠，線條變粗又變胖，但是土黃色顯得更加美麗了。

我一個人就在阿嬤的菜園裡進行我的推理、蒐證和觀察，直到阿嬤叫我回家吃午飯。

我想，畫圖蟲一定是蟲蟲裡的抽象畫家，牠們喜歡用身體盡情畫出不同表情的線條，畫布是大自然中的樹葉、菜葉、西瓜等。說不定牠們會在某些地方開畫展呢！阿嬤家連綿不斷的豆棚下，是牠們為了挑戰蟲蟲金氏世界紀錄的大幅畫作，名稱是「夏夜蟲蟲的微笑」。

我非常期待看到畫圖蟲，但是清晨沒看見；中午大家昏昏沉沉在午睡時，我偷偷溜下床想看畫圖蟲，也沒遇見。可能太熱了，不適合畫畫吧。

傍晚，涼風吹來，畫圖蟲還是沒有出現。難道牠們都是利用晚上，在伴著聲聲蟲吟及蛙鳴的月光下畫畫，螢火蟲還提著燈籠來替牠們照亮？

晚上兔兔姨回家時，看了看阿嬤給我的葉片說：「這是潛葉蠅的幼蟲，潛葉蠅將卵產在葉子中，幼蟲就潛藏在葉子隙縫中生存，造成植物生病。」

雖然終於知道這些畫滿圖案的葉子是潛葉蠅的傑作，但我還是寧願叫牠們「愛畫畫的畫圖蟲」。

我想，當畫圖蟲的畫作《夏夜蟲蟲的微笑》挑戰蟲蟲金氏世界紀錄成功時，夏日的豆棚一定很熱鬧吧？

潛葉蠅

潛葉蠅又稱地圖蟲，鱗翅目的潛葉蛾幼蟲、某些蝶類的幼蟲和雙翅目的潛葉蠅幼蟲會潛入植物的莖、葉裡活動。潛葉蟲的媽媽將卵產在葉片上，通常在背面邊緣，卵孵化後，幼蟲就鑽進葉片裡面，將四周咬出一個空間，這就是潛葉蟲的家。

潛葉蟲在葉層裡活動的線條像一張地圖，所以稱牠為地圖蟲。線條較細的地方就是初孵化的位置，牠一路吃到底，越吃食量越大，所畫出的圖就越寬，某些地圖蟲一路畫到末端就可以羽化了。

山林筆記

9 夏蟬的第一次飛行

夏日的午後，我和兔兔姨撐著一把綠陽傘，走在鹿野茶業改良場的綠色隧道下，兩旁的小葉欖仁也熱得撐起一把又一把的翠綠色樹傘，頑皮的陽光從葉的縫隙中灑落，在冒著輕煙的路面上和橢圓形的葉子玩起踩影子的遊戲。

空氣中有著不尋常的安靜，連風都躲在樹葉下休息了。

「兔兔姨，你有沒有感覺到空氣中有一種奇怪的小聲音？」

我停住不再走動，側耳傾聽。兔兔姨也專注的聆聽：「好像是某種薄片互相摩擦的聲音。」

「知——」「知——知了」「知——知了——知——知了——！」

剎那之間，綠色隧道所有的蟬一起大聲叫了起來。

「哇！是蟬耶！夏天真的來了。」

我和兔兔姨興奮的在樹下穿梭，尋找一隻隻黝黑的蟬，好為這些夏日歌手拍下綠樹演唱會的盛況，並錄下美妙的歌聲。

晚上我們住在茶業改良場的吳叔叔家裡，庭院中的龍眼樹幹上有許多蟬殼。

吳叔叔說：「夏天，蟬會從地底下爬出來，只要完成蟬蛻，一爬上樹梢，接觸到陽光和風，牠就會立刻開心的高聲歌唱。最近有很多蟬都會在樹上蟬蛻，幸運的話，你可以記錄到整個過程喔！」

吃過飯後，我就拿著觀察筆記守候在樹下。但是等了好久，連一隻也沒瞧見。

這時蔣阿姨走進來，拿著一根樹枝說：「拉拉你看，這隻是我在路上撿到的蟬，可以把牠放在龍眼樹上觀察蟬蛻喔！」

我興奮極了，兔兔姨也把相機、攝影機架好，準備拍下這難得的畫面。我小心的將蟬放到龍眼樹幹上，看著牠不斷的往樹上爬，到了一定高度就停止不動，用細細的腳緊緊捉住凹凸不平的樹幹。

因為蟬蛻的時間不一定，大家就喝茶聊天，把觀察的任務交給我。我看蟬時而伸出一隻細細的腳，再牢牢的捉緊樹幹；時而向後用力，似乎很痛苦，但是背上的硬殼卻絲毫沒有裂開的痕跡。

吳叔叔說：「大部分的蟬在八、九點就完成蟬蛻的階段，這隻到十二點還沒完成，一定有問題。」

一直到十二點十分，大家都去睡了，只剩我、兔兔姨和胖哥哥還不放棄。

十二點二十分，蟬背部的硬殼終於慢慢裂開，一個新生命即將誕生，好神奇喔！但是胖哥哥覺得這隻蟬蟬蛻的速度有點慢，而且背部硬殼裂開時還流出綠色的液體，他擔心這隻蟬未發育完全，無法完成蟬蛻。

「你一定可以的！」我一直替牠加油打氣。牠金色的身體慢慢蠕動著，左邊漸漸露出藍綠色的腳，左眼也慢慢脫離咖啡色硬殼，露出黑黑的大眼睛。但是要掙脫硬殼似乎需要花費很大的力氣，蟬蠕動幾下就必須休息好長一段時間。

我想起有一年在峇里島和海豚說話的經驗。我相信，動物和昆蟲都能感受到善意的能量。我專注的看著蟬的眼睛，在心裡默默替牠加油，和牠說話：「再努力點，你就可以擁有一雙自由的翅膀，和兄弟姊妹一起飛到樹上享受溫暖的陽光、清涼的微風、高興的唱歌了。」

蟬輕輕蠕動幾下，用那隻晶亮的左眼看著我。

我好難過，牠會不會忘記怎麼掙脫蟬殼呢？我撿了一個蟬殼放在牠身邊，或許牠就會記起來了。

「胖哥哥，我們可以幫幫牠嗎？」我紅著眼眶問。

胖哥哥說：「不行，我們不能破壞大自然的規則，這隻蟬必須靠自己的力量掙脫，才能在大自然中生存。」

一直等到凌晨兩點多，兔兔姨說：「放棄吧，牠出不來了。」並催我去睡覺。

睡夢中，我夢見夏蟬寶寶在大家都睡著時，努力的將身體緩緩擠出殼外，倒掛著身體，一對小小的青綠色翅膀，慢慢慢慢張開。溼溼的翅膀必須慢慢晾乾，等到青綠色的身體和翅膀漸漸變硬、變成深咖啡色，夏蟬寶寶拍拍翅膀試飛，牠在周圍轉了一圈，就飛到

最綠的樹頂上，安安靜靜的待著。空氣中出現一種奇怪的小聲音，突然一聲：「知——知了——知——知了！」夏蟬寶寶的叫聲響亮又好聽。

清晨醒來，我趕緊衝到庭院外的龍眼樹下，看夏蟬寶寶是否飛走了？可是，樹幹上緊緊的捉著一個只露出一半眼睛一半身體、已經變黑的蟬。我傷心的大哭，驚醒了兔兔姨和胖哥哥。

我哭著說：「牠在我夢裡面飛得很開心呀！」

兔兔姨摟著我：「不要難過，雖然沒辦法飛到樹上唱歌，但是牠的一隻眼睛已經看到美麗的世界，身體已經感受到陽光、微風和露水，而且牠一定聽到你對牠說的話，所以才會在你的夢中飛行呀。」我仍然抽抽搭搭的哭著。

胖哥哥用樹葉做成一張小床和花被子，準備把這隻蟬埋在龍眼樹下。

我說：「不要再把牠埋回土裡。牠好不容易才爬出地面，一定希望爬到樹頂上吹吹風。」

我和兔兔姨、胖哥哥找到一棵最熱鬧的龍眼樹，將夏蟬寶寶放在樹幹上，讓牠也加入夏日演唱會。

在七月的清晨陽光中，蟬聲熱熱鬧鬧的叫醒了夏天。我閉起眼睛，看見在我夢中飛行的夏蟬，用那隻晶亮的左眼看著我，牠穿著黑色的燕尾服，指揮夏蟬們演出那年最精采的夏日演唱會。

薄翅蟬

蟬是一群愛唱歌的昆蟲，生命中大部分時間為幼蟲。幼蟲期的長短依種類不同而各異，最長的一種是生活在北美洲的十七年蟬，幼蟲期長達十六年；至於生活史最短的僅有一年，例如草蟬。

10 山林筆記

紫色薰衣草之夢

我和兔兔姨坐著公車，繞過一圈又一圈的山路，終於來到只有一個站牌的公車站。我們坐在木椅上，等待另一班車來接我們。

等著等著，我拉著兔兔姨嚷嚷：「我好渴，好想吃紅豆冰！」

「紅豆冰太普通了！」兔兔姨神祕的說：「等一下你就能吃到夢幻霜淇淋喔！」

「夢幻霜淇淋？」我很好奇總是到處旅行，喜歡怪怪東西的兔兔姨又要給我什麼驚喜。

「啊！你看，接我們的巴士出現了！」兔兔姨對著從霧中慢慢出現的巴士揮揮手。

車子一靠站，我看見這臺金黃色巴士，不僅有狐狸的造型，車頂還有兩隻可愛的木雕小狐狸，拉著直達「夢幻森林」的牌子。

「哇！狐狸巴士！」車門一打開，我立刻興奮的衝上車，坐在毛茸茸的座位上。

「歡迎搭乘狐狸巴士，前往夢幻森林！」開車的小紫阿姨對我和兔兔姨做出歡迎的手勢。

狐狸巴士開了一段山路之後，停在一棟木造小屋前面。我一下車，就看見一大片的紫色花海。

「哇！好美喔！」我在紫色的花田中開心的奔跑，鼻尖聞著令人迷醉又放鬆的氣味。

「拉拉，快過來！」兔兔姨對我揮揮手，我快跑到小屋旁邊的旋轉木馬咖啡館，看著小紫阿姨將淡紫色的霜淇淋，慢慢注入烤得金黃酥脆的甜筒杯上。

「夢幻霜淇淋來嘍！」兔兔姨和我一起舔了一口，我驚訝的說：「好香又好特別的味道喔！」

「這是用薰衣草做的喔！」兔兔姨把風乾的薰衣草揉碎，讓我聞聞味道，她神祕的說：「紫色薰衣草中躲著紫色小精靈，他們不只會做霜淇淋，還會製造夢境，只要把薰衣草包放在枕頭中，晚上枕著入眠，就會做紫色薰衣草之夢喔！

「真的嗎？」我開心的說，「我曾經做過橘子色的夢，橘子色的陽光把天空、湖水和每個人的笑臉都染成橘色，還閃閃發亮呢！而且夢裡還充滿甜甜的柑橘味道和花香，是一種讓人覺得很幸福的夢喔！不知道紫色的夢會是什麼樣子？我真的好想看看。」

「那今天晚上就讓紫色小精靈帶你去看看吧！」兔兔姨搖搖手中的薰衣草包，幫我放進我最愛的小熊布偶中。

夜晚的山風好涼，滿天都是小星星，我滿心歡喜的把小熊布偶放在枕頭邊，頭輕輕的枕著，淡淡的清香飛過鼻間，我瞇起眼睛，微笑的進入睡夢中。

夜風「啪搭啪搭」的輕拍著窗簾，好多細細小小的聲音喃喃的說：「就要開始了！」

睡夢中，我推開落地窗，淡紫色的陽光灑滿了房間，葡萄紫的小熊點點我的小腿肚，我們正站在開滿紫色薰衣草的花田裡，舔著薰衣草口味的霜淇淋。遠處的花田中還躲著一隻戴著薰衣草帽的小狐狸，牠還以為我們看不出來，因為牠是一隻才剛學會變身的小狐狸嘛。

我光著腳在旁邊的紫色向日葵花田中奔跑，像臉一樣大的向日葵，向我們發射葵花子彈，霹霹啪啪的聲響就在我們的笑聲中彈開來了。

不遠處還有紫色的麥田，隨著風高高低低的跳著波浪舞。小狐狸撿起一根麥管，輕輕吹出大大小小的紫色泡泡。飛到向日葵大臉上的泡泡，映上向日葵調皮的鬼臉；飛到麥田的泡泡，正好拍下跳波浪舞老是慢一拍的小麥子；而薰衣草的香味、涼風的味道都被包裹在一個個小小的紫色泡泡中。

我把這些泡泡兜在撩起的睡衣當中。向日葵的紫色泡泡送給爸爸，因為這顆向日葵比他的臉還大；薰衣草香味的泡泡送給媽媽，可以讓她舒服的安眠；涼風的泡泡留給怕熱的弟弟；其他的就串成紫色的項鍊送給兔兔姨。

我坐在樹下認真的串著項鍊，紫色泡泡頑皮的飛來飛去，害我老是要停下手邊的工作，才能把它們捉回來。

遠方飄來濃濃的牛奶香，我站起來朝香味的方向走去，推開一扇紫色的門，金黃色的陽光溜了進來，我揉揉眼睛，兔兔姨正端著一杯薰衣草牛奶坐在我的床邊。

「兔兔姨，我真的做了紫色薰衣草之夢喔！」我興奮的告訴兔兔姨。她微笑著點點頭，她的脖子上還戴著一串紫色的項鍊呢。

薰衣草

薰衣草原本生長在地中海地區，是一種可以長到高達六十公分的香草植物。品種很多，可用於製作精油、香料和觀賞。花色以藍和深紫居多，還有花的苞片像兔子耳朵而聞名的蝴蝶薰衣草。

它的英文名稱 Lavender 源自於拉丁文「Lavare」，有洗滌、淨化的意思。最初羅馬人把薰衣草做成香料，用在沐浴和泡澡上，這個習慣傳到世界各地。因為聞著它獨特的香氣，會讓人身心放鬆，消除緊張，好好睡覺。而且，薰衣草的莖和葉還可以當成芳香藥草，能治療感冒、肚子痛或溼疹。

前進三色果凍海！

每逢假日，兔兔姨都會帶我四處探險，我做了好多精采又有趣的山林筆記，還很認真製作了我和張叔叔一起設計的小鳥安全帽。

我拿媽媽的捲尺仔細幫我家的小文鳥阿文、鸚鵡豆豆量了頭圍，我還查了烏頭翁、綠繡眼和五色鳥頭的大小，這樣我才能幫牠們「量頭訂做」兼顧安全和輕巧飛行的安全帽。

兔兔姨帶我去買各式各樣的材料，我們花好多時間一起做實驗。我把乒乓球、網球、荔枝殼、龍眼殼、堅果殼都切一半，不斷實驗和彩繪，製作出設計圖中各種螢光和彩色的安全帽，還要做飛行眼罩，我可是絞盡腦汁呢！

兔兔姨鼓勵我，實驗成功的話，我就能成為替小鳥設計安全帽的設計師，說不定還會收到很多訂單，將來還能幫其他寵物設計創意安全帽呢！

我覺得這個主意太棒了！看來，我又要改一下長大後的志願了。

而且，暑假快到了，我就有更多時間設計安全帽，我還跟兔兔姨一起找了許多資料，做好計畫，要前進太平洋的三色果凍海，還要到綠島看海豚、泡海底溫泉、浮潛看珊瑚、找星砂；再到蘭嶼看珠光鳳蝶，尋找會發出「嘟嘟物」的蘭嶼角鴞……

沒想到，兔兔姨突然接到一個要到全臺灣各地山林錄下各種鳥類叫聲的工作，暫時不能陪我去做海洋觀察筆記了。

看到失望的我，兔兔姨答應，她回來之後一定會陪我去完成一篇最特別的海洋觀察筆記。她把我們的暑假海洋筆記計畫書交給爸爸，爸爸拍拍啤酒肚，打包票說：「這個任務就交給我，爸爸肯定會讓你做出獨一無二的海洋觀察筆記！」

美麗的太平洋、清涼的三色果凍海，我們來了！

海洋筆記

1 藍色啤酒海

清晨四點多，為了看從海平面跳出來的太陽，爸爸把我們從睡夢中搖醒。

車子搖搖晃晃的到了蘭嶼的東清灣。天剛濛濛亮，我彷彿看見鯨魚背著大大小小的玻璃瓶往海上游去，牠應該是要去蒐集調酒的材料。

乳白色調成原住民的糯米酒；夕陽燦爛的顏色調成美麗的日落紅海；綠色的是酸酸的奇異果汁。

金黃色的陽光灑在海面上，細細碎碎的光點，隨著波浪翻轉、跳躍，那是最好的陽光冰糖。

每次望著藍藍的大海，我就很希望鯨魚能在海上開一家叫「藍色啤酒海」的店，招牌飲料就是「藍色啤酒海」。深深淺淺的藍色就像太麻里的海，啤酒上的白色泡沫，就像貝殼沙灘一樣潔白。

喝一小口，那種清涼的感覺，順著喉嚨慢慢流入乾渴的胃，就像長久走在炎熱的沙漠，突然發現一池泉水一般的愉悅。喝一大口，就像縱身跳入冰涼的大海中一樣清爽。加上慵懶的音樂總是流轉在「藍色啤酒海」中，輕鬆的氣氛，讓大家都想來這裡，放鬆一下心情。

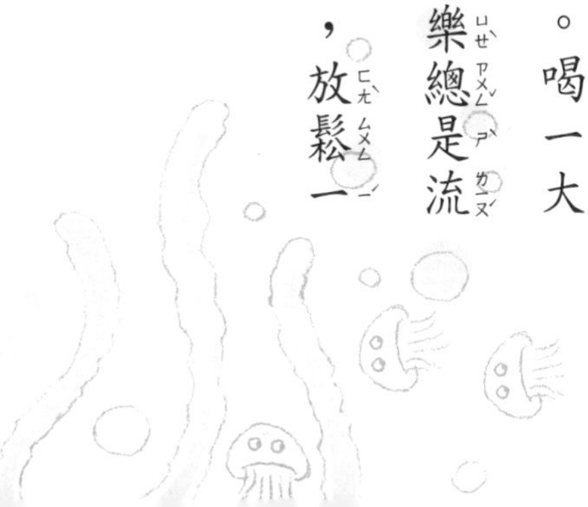

鯨魚的好朋友海豚，會表演花式調酒。牠的雪克杯之舞也是客人來藍色啤酒海的原因之一。騰空翻轉三圈，再筆直落入海中，就像體操選手般完美。銀色的雪克杯就在落入海中的一剎那，被穩穩的接住，一陣驚呼後，響起一片如雷掌聲。

鯨魚的藍色啤酒海飲料店裡沒有椅子，你可以隨意的或躺或坐在藍色的果凍海中，做日光浴、看看書，發呆也行。

可不是每個人都可以進入藍色啤酒海喔，必須先和招潮蟹猜螃蟹拳，贏了才可以進入。進入之前還要看看規定：

親愛的顧客，歡迎來到藍色啤酒海，你必須假裝是魚或任何海

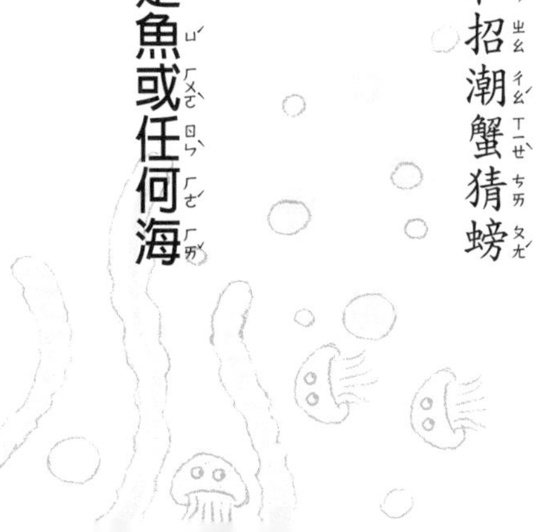

中生物。

僧帽水母：功夫高強，會隱身術

招潮蟹：專門蒐集金黃色的陽光麵線

藍鯨：會吸收月亮和星星的光，讓眼睛更亮

瓶鼻海豚：喜歡表演雪克杯之舞

海邊仍舊是灰濛濛的一片，我假裝成會隱身術的僧帽水母，遊蕩在廣闊的大海中；雲層中穿過一束陽光，我假裝是招潮蟹，蒐集清晨的第一道陽光麵線；我假裝是瓶鼻海豚，跟在漁船四周，盡情翻轉、跳躍，享受成為明星的喜悅。

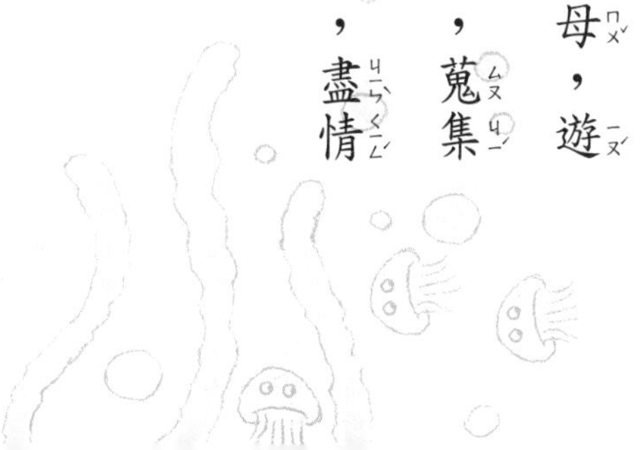

好久好久，我沉浸在假裝的喜悅當中。

只是，很遠很遠的地方似乎有好些聲音在呼喚我。我靠在一處溫暖、安全的地方，有一種幸福的感覺。我微笑著向藍色啤酒海揮揮手，圍著圍裙的鯨魚喝著啤酒，也微笑的對我擺擺手。

座頭鯨

臺灣東部海域可以看見座頭鯨的身影。座頭鯨背部不像其他鯨魚那樣平直，而是向上弓起，所以又叫「弓背鯨」、「駝背鯨」。牠不但外貌奇異，而且非常聰明。一群座頭鯨會吹氣泡，將魚群包圍在泡泡中，再輪流進食。牠們的叫聲悅耳悠揚，善於變化創新，大家稱牠為神祕歌手，是海洋中最傑出的「歌星」。

座頭鯨媽媽養育幼鯨時，身邊偶爾有一頭成年雄性座頭鯨擔任護衛的角色，會猛烈反擊靠近的其他鯨魚和小船。

2 海洋筆記

賣陽光麵線的招潮蟹

夏日的午後，陽光暖呼呼的，藍藍的白雲在天空中做日光浴。

深藍、淺藍、蘋果綠的三色果凍，在大海中輕輕的晃動；細細碎碎的陽光，就像灑在果凍上的糖粉；掀起的白色浪花，就像被打翻的奶油球，全倒在果凍上了。

隨著果凍海晃動了一陣子之後，我們就這樣坐在海邊，用熱熱的石頭將衣服烘乾。

爸爸說：「現在是大退潮喔，到附近的潮間帶，可以看到許多有趣的海邊生物。」

一聽到有趣的事，全部的人都跳起來，拎起涼鞋往岸上衝，完全不理會在後面大吼大叫的爸爸。

來到海水浴場附近的岸邊，發現海退得好遠，露出許多珊瑚礁石。我還發現沙灘上有很多白色、黃色的小點在移動。

可是等我們衝到沙灘上，咦，奇怪，怎麼什麼都沒有？只看見泥灘上一個個的小洞。

「噓！」爸爸提醒我們。大家立刻假裝成木頭人，小心翼翼的一動也不敢動。

不一會兒，所有的泥洞裡都伸出了一隻隻的螯。接著，像雷達

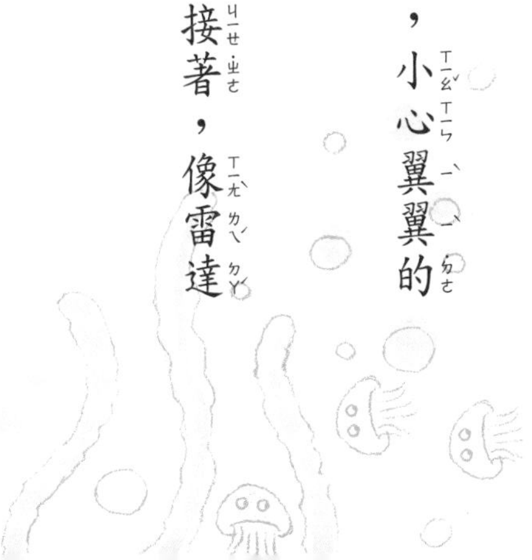

一樣咕嚕咕嚕轉動的眼睛探了出來，確定沒有危險之後，大大小小的招潮蟹，在泥灘上忙碌了起來。

我注意到其中一隻螯特別大的招潮蟹，牠的螯快速移動，洞口四周很快出現一粒粒的小沙球，排成美麗的圖案。

接著，從附近的洞口，又陸陸續續鑽出來五隻大大小小的招潮蟹，排成一列，牠們的大螯都對著金色的陽光，左右、左右的緩緩移動。

我猜，牠們一定是忙著蒐集晚上要煮的陽光麵線。

夜晚的海岸好熱鬧：有喜歡做月光浴的寄居蟹；到處找人聊天的櫻花蝦；練習搖呼拉圈的海豚。

這時候，招潮蟹的小店開始營業了。

金色的陽光麵線咕嚕咕嚕的喝下肚，全身都暖和起來，連星星都忍不住偷偷下來喝一碗。一顆顆的炸泥球，是聊天時最好的點心；墨藍的海水可樂，喝了會在心裡快樂的冒泡泡。

在銀色的月光下，招潮蟹提琴手會拉起輕柔的小夜曲；海浪和沙灘奏出打擊樂；大大小小的鵝卵石是最佳合音天使，隨著海水來來回回滾動的聲音，寧靜又安詳，撫平白天的煩躁和不安。

夜晚的海邊熱鬧而寧靜。躺在岩石上，就可以靜靜的欣賞海邊的夏夜風情。

招潮蟹

在溪口溼地，常常看到許多招潮蟹。牠們是螃蟹王國中最雄壯威武的。雄招潮蟹最明顯的特徵是：一大一小不相稱的螯。大螯常用力揮動，像是在召喚潮水似的，所以得名。這動作也像在拉小提琴，所以又叫「提琴手蟹」。只是牠的大螯卻中看不中用，有時大鉗子舉太高，還會失去平衡、向後栽跟頭。

海洋

3 魔法鱷魚

每天早上我起床的第一件事，就是拿著小板凳，踮著腳尖到後陽臺看浮在海面上的綠島。晚上睡覺前還要確定一下，綠島是不是還在同一個位置。

媽媽老是唱著：「這綠島像一隻船，在月夜裡搖啊搖……。」可是我總覺得綠島像一隻鱷魚的頭，尖尖長長的吻部就擱在海面上休息。

燈塔是牠的眼睛，一到夜晚就發出亮光，在海面上轉啊轉，所有漁船、鯨魚、海豚、旗魚、飛魚都像中了魔法般，朝綠島游去。

牠只要一張口就可以吞下許多魚，可是大家都沒有發現。因為只有幾秒鐘的時間，加上燈塔閃爍的強光，掩蓋了魔法鱷魚的罪行。

雖然隔著一大片海洋，可是燈塔的強力光束還是會發現我，我要躲在陽臺後面，小心一點才行。

「奇怪，最近漁船常無緣無故

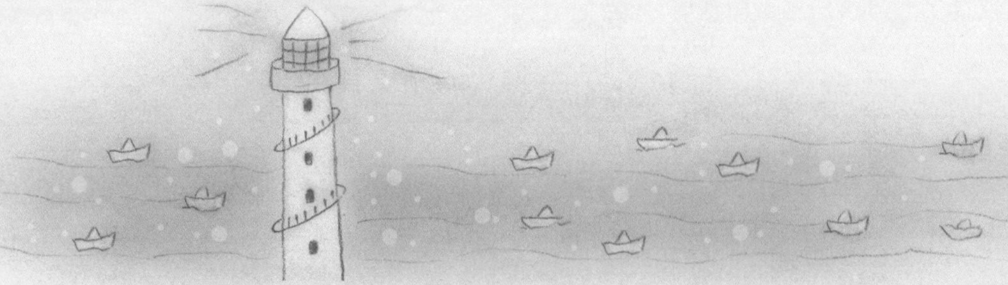

失蹤，漁獲量也大量減少，更怪異的是，綠島好像變大了。」爸爸看著今天的報紙，和媽媽討論這個奇怪的現象。

我一邊看著卡通，一邊豎起耳朵聽。沒錯，這就是魔法鱷魚在施魔法，牠一直偽裝成綠島來欺騙大家。

今天晚上很熱、很悶，榻榻米的熱氣蒸得我全身溼淋淋的，只好爬到廚房享受磁磚冰涼的觸感。

我不斷的移動身體，尋找新鮮的冰涼感，最後還是敵不過身上的熱氣，只好含著冰塊，將臉貼在後陽臺的磁磚上，吹吹風。

月亮剛從海平面升起，月光在黝黑的海面鋪上一條銀色的小路，細細碎碎的銀光隨著波浪跳動。

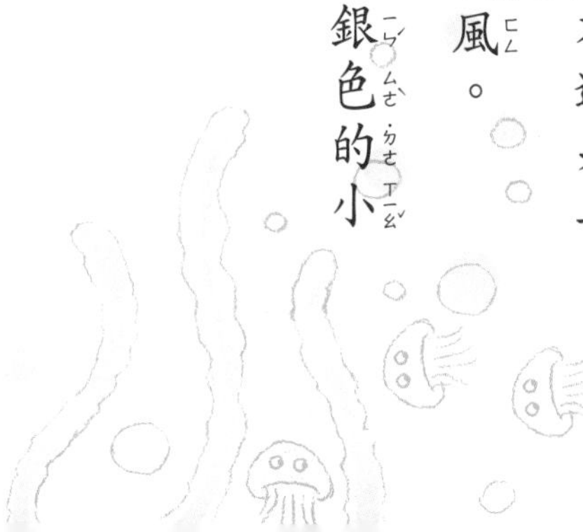

突然，一個銀色的光點向上一躍，我豎直脖子，揉揉眼睛，是不是我眼睛花了？接著，又是一個光點，連續好幾道銀光一起朝綠島的方向射去。

是海豚嗎？還是飛魚？

我想，很有可能是太平洋的魚族一起聯手反抗魔法鱷魚，利用銀色月光作為掩護，派出海豚和飛魚等跳躍的高手，擾亂魔法鱷魚的視線。

旗魚趁機用又尖又利的嘴刺向魔法鱷魚的肚子；炸彈魚一舉衝進魔法鱷魚的嘴裡，劈哩啪啦的亂撞；一群鬼頭刀則拿著水草搔癢魔法鱷魚的腳底。

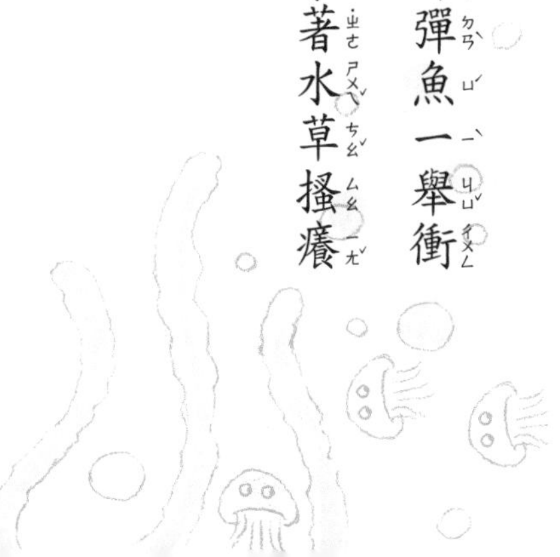

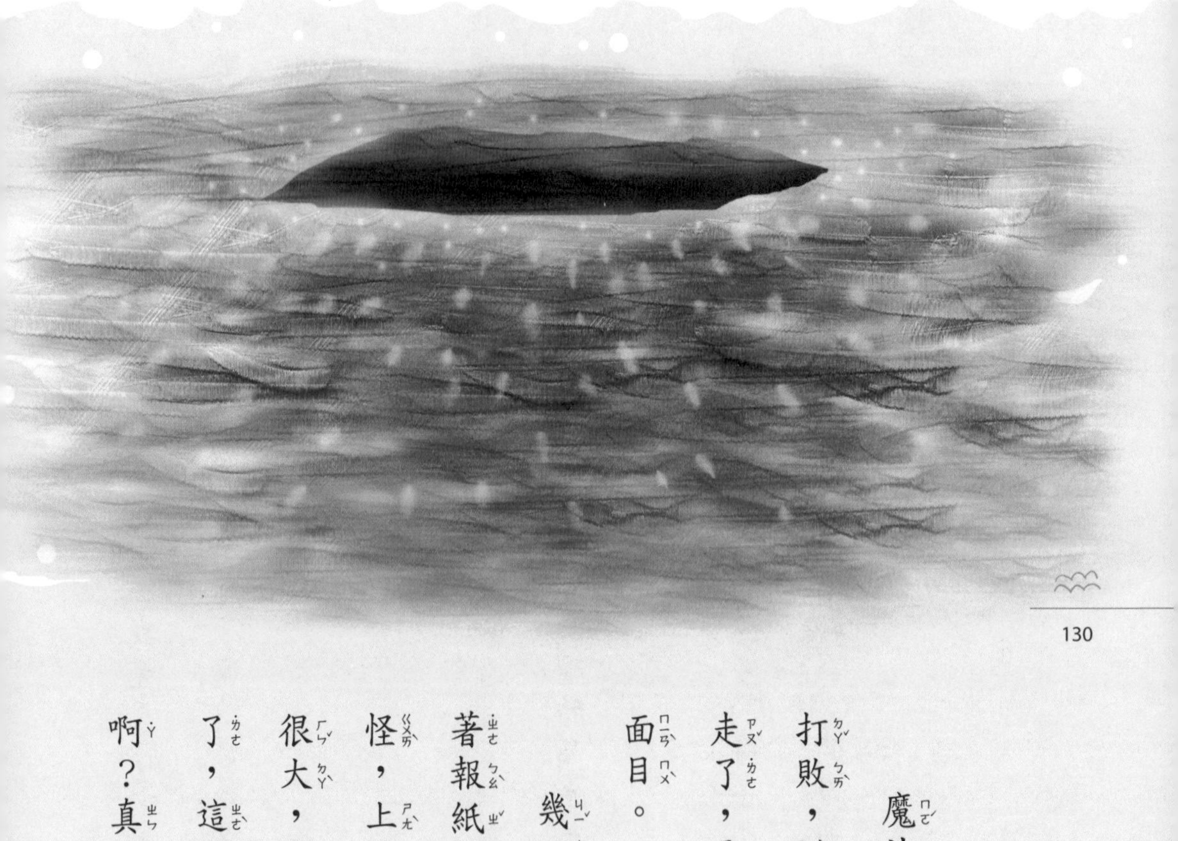

魔法鱷魚終於被打敗，慌慌張張的逃走了，露出綠島的真面目。

幾天後，爸爸看著報紙說：「真是奇怪，上次測量時綠島很大，這次竟然變小了，這是怎麼一回事啊？真不知道那些人是怎麼測量的！」

嘻嘻，爸爸永遠不會知道魔法鱷魚的事，這是我和太平洋魚族之間的祕密。

綠島

綠島舊名火燒島，又稱作「雞心嶼」、「青仔嶼」。位於臺東市東方約三十三公里的海上，是個景致優美的亞熱帶小島嶼。

綠島面積不大，只有十六平方公里。環島公路繞一圈只有二十幾公里。但是全島四周的廣大陸棚擁有豐富多元的海洋生態資源，與蘭嶼同為臺灣最佳的潛水地點。擁有足以媲美世界級潛水點的海底風光，以及世界僅有三處的海底溫泉之一，可謂得天獨厚。

海洋筆記

4 戴隱形眼鏡的魚

「明天，我們搭船到綠島浮潛，可以看到搖曳生姿的珊瑚和許多美麗的熱帶魚喔！」爸爸一邊收拾浮潛的面鏡、呼吸管和蛙鞋，一邊對我說。

還好魔法鱷魚已經逃走了，否則我還不敢去呢。

爸爸開車載我們到富岡漁港搭船。

「爸爸你看，好多海豚，還有鯨魚喔！」弟弟興奮得揮舞著胖胖的小手。

「真的嗎？」我們朝他手指的方向望過去。

「那是假的啦！」

富岡漁港的水泥牆畫上深藍色的海洋，海豚優游其中，不仔細看，真的以為是海豚出現了呢。

搭上開往綠島的船，我和爸爸站在甲板上，望著越來越近的綠島和白色的燈塔，覺得有一點點興奮，還有一點點害怕，不知道魔法鱷魚會不會再回來？

我們一下船，就見到全身黑得發亮的小鳥叔叔，他立刻帶我們到「大白沙」潛水區浮潛。

穿上救生衣，戴上面鏡和長長的呼吸管，每個人的臉都變得好

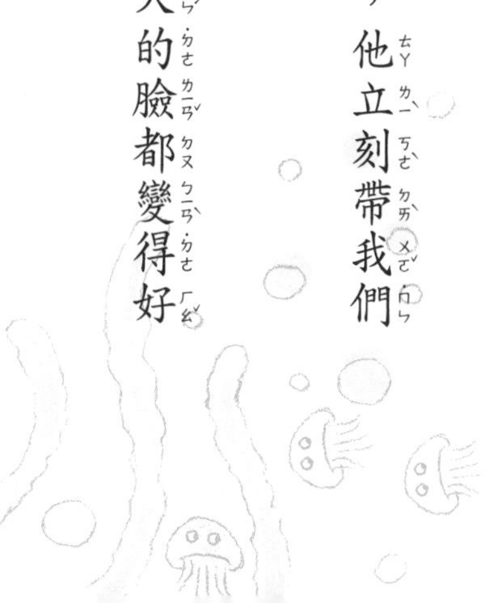

像外星人，只能比手畫腳，好有趣喔！

小鳥叔叔教我們用呼吸管呼吸，學習放鬆身體，利用海水和救生衣的浮力漂在海面上。

我把臉朝下，輕鬆的浮在海面上，就看見好多黃色的蝶魚、小丑魚穿梭在珊瑚叢中；吐著泡泡、將自己包起來睡覺的綠色鸚哥魚好可愛；還有一大群露出兩顆小虎牙微笑著的魚群，圍繞在我身邊，我覺得自己好像美人魚喔！

正陶醉在美人魚的幻想中，突然看見有兩個外星人朝我游過來，對我比手畫腳，原來是小彥哥哥和小庭哥哥。他們拉著我的手，游到深海中。

色彩繽紛的珊瑚順著潮流來來回回，款款擺動。一隻罕見的水藍色熱帶魚從眼前游過，小庭哥哥忙著去追牠，卻陷在一群細細長長的銀色馬鞭魚當中。金黃色的陽光穿透海面，讓銀色的馬鞭魚更加閃亮耀眼，海底世界隨時有讓人驚呼的美麗風景。

我的手臂突然感到一陣刺痛，接著是小腿肚，我一緊張，呼吸管進水，好痛苦喔！他們趕緊將我帶回岸邊，我的手臂和小腿竟然出現一條條紅腫的鞭痕。

爸爸說：「是有毒的水母，下次記得穿上水母衣。」

爸爸話都沒說完，就聽見小庭哥哥大聲嚷著：「不見了，五千元不見了！」他拿著浮潛面鏡，對著太陽仔細的找。

「我的隱形眼鏡被海水沖走了，那是我花了五千元剛訂製的水藍鏡片呢，我怎麼這麼倒楣！」小庭哥哥哭喪著臉。

「小庭哥哥，如果魚撿到你的隱形眼鏡，就會變成戴隱形眼鏡的魚喔！還是水藍色的呢。」我眼睛一亮，想像胖胖的翻車魚、鸚哥魚、鯊魚戴著隱形眼鏡的可愛模樣。

「這個笑話一點都不好笑。」小庭哥哥還是板著一張臉。

我拿起面鏡和呼吸管又想衝到海裡，看看到底是哪隻魚撿到了隱形眼鏡。我想，綠島的海底世界一定會因為隱形眼鏡而引起一陣大騷動。

圓弧的鏡片掉到僧帽水母的頭上，水藍色的帽子害牠的隱身術

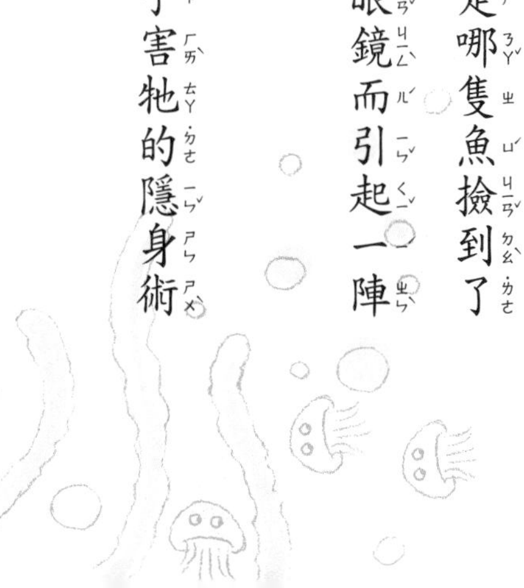

總是被識破；小魚在上面快樂的溜滑梯；章魚把鏡片吸在臉上，大玩變臉的遊戲；大鯊魚卻想盡辦法要搶到隱形眼鏡，好清清楚楚看見所有的魚，方便一口吞下。

大家在海中泡

得皮膚都變皺了，還是找不到戴隱形眼鏡的魚，一直到天邊出現橘子色的雲，我們才依依不捨的離開了「大白沙」潛水區，希望明天能看到戴隱形眼鏡的魚。

僧帽水母

水母的英文名字是 Jellyfish（果凍魚），是由一個傘狀的膠狀物質組成的身體，下方有許多的觸手，藉著傘內肌肉收縮，水母可以在海面上一起一伏的游動。

僧帽水母又叫葡萄牙戰艦，因上方有空心氣囊、白色透明、狀似僧侶的帽子而得名。外型看起來很像水母，其實牠是由水母及水螅聯合組成的群體。觸手上有刺細胞能麻醉大魚，對人體也會造成傷害。

5 海洋 海底溫泉

八月初，我們一家人搭著客輪「綠島之星」到綠島玩。

媽媽興奮的說：「今天晚上一定要去海邊泡朝日溫泉。全世界只有三個從海底自然湧出的溫泉，一個在日本，一個在義大利，另外一個就是在綠島。泡在暖暖的溫泉中，抬頭望著滿天的星星，那種感覺真是太浪漫了。」

吃完綠島著名的羊肉爐之後，我們就出發到海邊。但是剛好漲潮，風浪又太大，天上的雲層厚得像條大棉被，星星可能還在賴床呢，連一顆也沒瞧見，我好失望。

樂觀的媽媽拍拍我的肩膀說：「沒關係，我用魔法吸塵器把天上的烏雲吸光光，星星就會起床了。我們晚一點再來，人也比較少，幸運的話，還可以聽見鯨魚唱歌，或看見正在做月光浴的翻車魚喔。」

我們就沿著公路，唱著歌，慢慢走回旅館，途中還碰見在馬路上散步的寄居蟹。

洗完澡後，我們在床上大玩枕頭仗，玩得正激烈時，媽媽衝進來說：「魔法實現了！魔法實現了！」

我們跑到外面一看，烏雲不見了，滿天的星星就像灑在黑森林

蛋糕上的細糖粉，亮晶晶的。我們跑到海邊，潮水已經退得遠遠的，露出三個圓形的溫泉池，我們先用腳趾頭試溫度，再慢慢滑進去，身體被暖暖的溫泉一點一點圍繞，「呼！真是太舒服了！」

我仰躺在溫泉池中，瞇著眼睛，瞧見滿天星星調皮的對我眨眼睛。或許等到半夜無人的時候，星星會從天上偷偷把腳伸下來泡一泡；另外一池拿來下雨絲冬粉剛剛好，用長長的腳捲著滑不溜丟的冬粉，吃得呼嚕呼嚕響，還直說：「好吃！好吃！」

月亮從海面上慢慢升起，銀色的月光在海面上跳躍。天上的星星都忙著吃消夜，沒空和月亮打招呼。月亮也覺得肚子扁扁的，顧不得自己優雅的形象，也擠到溫泉池邊，撈起亮晶晶的冬粉，嚐了一口。「哇！好鹹！」她捉起白雲，擠了一點點水，再灑點星星蔥花，也呼嚕呼嚕的吃起來了。

我泡在暖暖的溫泉裡，瞇著眼睛彷彿看見星星、月亮搶著吃雨絲冬粉的模樣，真是可愛！

朝日溫泉

朝日溫泉在綠島東南邊潮間帶上，日治時代稱為「旭溫泉」。泉質澄澈透明，溫度約在攝氏六十至七十度。由產狀和所在地點推測，朝日溫泉可能是海水或部分地下水滲入地底，受到綠島火山殘餘岩漿的熱量加熱所形成。

朝日溫泉屬於世界級的鹹水溫泉，全世界僅日本九州、義大利西西里島和綠島才有。

海洋

6 酒瓶寄居蟹

泡完綠島的海底溫泉之後，全身暖呼呼的。爸爸騎著摩托車，我抱著他肥肥的肚子，在上面彈琴、捏麻糬；風在我的耳邊打轉，想和我的頭髮一起玩，它們玩瘋了，害我頂著一頭亂髮，回到叔叔的海邊小屋。

我在細細涼涼的沙灘上奔跑，腳蹭蹭地、埋進沙堆中，冰冰涼涼的好舒服！滿天的星星全擠在一起，有些站不穩的小星子跌落下來，就變成流星了！我看到好多流星，但是都來不及許願。媽媽說會請北極星記錄下來，蒐集更多流星，可以兌換更大的願望喔！

爸爸從屋裡拿出手電筒，對我招招手：「我們去看夜晚潮間帶的生物，很有趣喔！」

我們走進暖暖的海水裡，看見退潮時被困在礁石中的藍色螢光小魚，快速的游來游去；粉紅色的櫻花蝦，長長的觸鬚飛舞著，好像布袋戲偶的水袖；黑黑的蕩皮參，軟軟的，有點恐怖；被手電筒的強光一照就呆住的螃蟹，傻楞楞的動也不動，一直到我戳戳牠，牠才突然醒過來，快速逃走，真是有趣。

結束潮間帶的探險之後，我和爸爸在沙灘上比賽倒退著走回旅館。一到門口，就發現弟弟蹲在靠近沙灘的庭院中。一看見我，弟弟壓低聲音對我說：「噓！姊姊，快點過來看。」

我和爸爸把頭湊過去，發現好幾隻寄居蟹聚集在我們晚上吃剩的貝殼周圍爬來爬去，突然有幾隻迅速把舊殼脫下來，眼睛咕嚕咕嚕轉動，確定沒有危險後，就快速鑽進挑中的貝殼中，背起牠們的新家，朝沙灘逃走。

「喂！別逃！你們這群小偷，那些漂亮的貝殼是媽媽準備鑲在相框上的，我還洗乾淨了放在這裡晾乾，你們怎麼可以偷走？」我氣呼呼的指著那群寄居蟹罵。所有的寄居蟹統統縮進殼中，嚇得動彈不得，過了一會兒，才掀起貝殼的一角，偷瞄一下四周，又快速逃走。

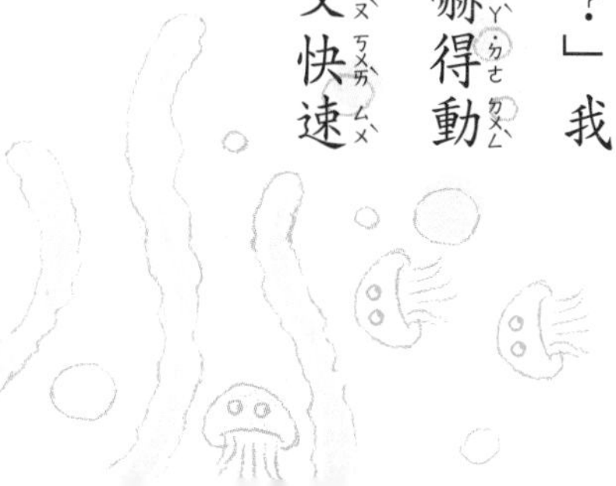

爸爸安慰我說：「沒關係，牠們也是不得已的，因為長大了必須換新家，這些貝殼先借牠們好了。」我還是覺得不開心。

「姊姊，你看這裡還有一隻！」這隻寄居蟹動作太慢，好貝殼全被挑光了，找不到適合牠的。看牠在貝殼堆中急得團團轉，最後竟然爬向破碎的酒瓶堆，鑽進綠色的生啤酒瓶口。

「哇！牠變成酒瓶寄居蟹了！」弟弟興奮的大叫。

透著蘋果綠的短瓶口，在月光照射下，閃耀著神祕的光，但是背在小小的寄居蟹身上，似乎太沉重了。爬一小段，牠就要停下來歇一歇，喘口氣。

「爸爸，為什麼寄居蟹要挑酒瓶口當牠的新房子呢？」我覺得很奇怪。

「因為不容易找到適合的貝殼，舊房子又太擠了，如果沒有硬殼保護，容易被其他動物吃掉，所以只好先住進酒瓶口了。」爸爸

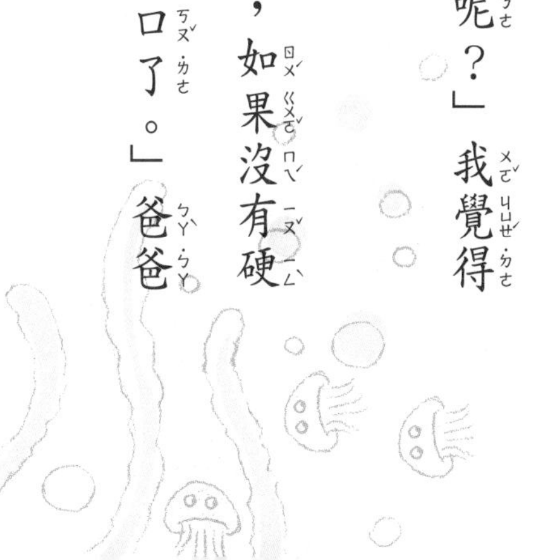

一邊拍照記錄，一邊對我說。

其實，蘋果綠的透明房子是寄居蟹中獨一無二的呢。小寄居蟹可以窩在殼中做月光浴，還可以漂浮在藍色果凍海上到處旅行。最酷的是，海鳥如果想吃牠，俯衝下來，「咚」一聲，包準牠嘴巴撞得發疼，小寄居蟹一定躲在裡面對牠扮鬼臉：「嘿嘿！看得到，吃不到！」

在沙灘上散步時，如果遇到頑皮的小朋友想捉牠，牠只要一滾，就會歪歪斜斜的滾落海中，誰也別想攔住牠。下雨時，只要豎直酒瓶口，就可以瞇著眼睛，享受清涼的雨水。我覺得當個酒瓶寄居蟹似乎挺不錯的。

但是爸爸自從見到酒瓶寄居蟹之後，心情似乎就不太好，開始查資料、塗塗寫寫的，也不和我們一起玩了，唉！大人的心情有時候是很難了解的。

寄居蟹

基本上，寄居蟹的幼體都是在海水中成長，經過一段浮游時期，最後到適合的地方住下來。寄居蟹住在貝類死後遺留下的空殼裡，一個空殼可以換很多房客，因為牠們長大就需要換不同大小的殼。

由於寄居蟹總是背著牠的貝殼到處跑，遇到天敵就馬上縮進殼中，有了殼的保護，牠們的適應力變強，還能在其他動物不能生存的地方生活下來。

海洋

7 看海豚在跳舞

綠島的太陽早早就起床了，湛藍的海面上跳動著金黃色的光點，讓綠島顯得更加碧綠。

小鳥叔叔帶我們到島上的景點去參觀，奇形怪狀的石頭都有特別的名字，比如背著寶劍的將軍岩、胖胖的哈巴狗、躺在海面上的睡美人，配上名字後，好像真的越看越像了。

經過綠島燈塔時，小鳥叔叔告訴我們：「燈塔採用圍繞式的發光方式，不是定點的持續發光，所以在本島上會看見強光一閃，繞了一圈後才會再看見第二道閃光。」

原來燈塔是利用這種方式來當魔法鱷魚的眼睛，我終於懂了。

「我們上去參觀一下吧！」

小鳥叔叔和守燈塔的伯伯打聲招呼，就帶我們爬上一層層螺旋樓梯，轉呀轉，轉得我頭都暈了，我和媽媽坐在階梯上休息一下。

這時，燈塔頂端傳來小鳥叔叔的叫聲：「趕快上來看！海邊有四、五十隻海豚在跳舞喔！」

海豚在跳舞？我和媽媽立刻用跑百米的速度轉到燈塔頂端。近海處真的有好多海豚，一隻接著一隻向上跳躍，形成一道道銀色的弧線，再筆直的落入海中，比比看誰跳得高！其他的海豚則露出黑

黑的背部，在海浪中追逐、嬉戲。

小鳥叔叔說：「海豚喜歡在洋流湍急處跳躍玩耍，而且牠們是一種有表演欲的動物，有時會成群結隊跟在大船前頭跳舞，觀眾越多，跳得越起勁呢！」

我接過爸爸給我的望遠鏡，再近一點、再靠近一點——我看見海豚就在圓圓的望遠鏡框中，對我咧齒一笑，露出黃黃的牙齒，很呆的笑法，但是會讓你開心得直翻滾，像翻車魚一樣。

希望下次能和小鳥叔叔一起搭船出海，碰見海豚時，再和牠們一起站在浪頭上跳舞，比比看誰跳得高。

瓶鼻海豚

瓶鼻海豚是最常見又最會跳躍的海豚之一，臺灣的花蓮、臺東外海經常可以見到。主要特徵是深色背鰭，背側部為深灰黑色，腹部呈淺灰白色或粉紅色，偶有斑點。牠們相當活潑、好奇、聰明，常以尾鰭拍打水面，進行跳躍或其他水上行為，適應力很強，而且容易受訓練，因此經常被人類訓練為海洋遊樂園中表演節目的主角。

8 海洋筆記

再見翻車魚

「有一種魚，戀愛時會翻車。」

第一次看到這句話時，我就想：真的有翻車魚嗎？為什麼牠談戀愛的時候會翻車呢？

八月到綠島時，真的看到翻車魚了！

我和爸爸在大白沙浮潛，金色的陽光將海底照得一片明亮。一隻躲在珊瑚礁裡的鸚哥魚，吐一個泡泡將自己包起來，安心的睡起覺來了，好像泡泡龍，好可愛。

綠色的海藻、色彩繽紛的各種珊瑚，在深藍色的海中，隨著海流輕輕的搖擺。我看見一個圓滾滾的東西朝我慢慢游過來，原來就是我一直很想遇見的翻車魚。

翻車魚圓圓胖胖的身體，像一個吹滿氣的氣球，在大海中游得搖搖晃晃的模樣，真是可愛。身體右側的小鰭對我搖了搖，好像在跟我打招呼。

爸爸曾跟我說，翻車魚很喜歡吃水母，吃飽了就會側躺在海面讓肚子晒晒太陽，幫助腸子消化，看起來就像翻車一樣，所以才叫翻車魚。

而且牠們不僅喜歡做日光浴，還會在夜晚漂浮在海面上，享受

讓銀色月光灑落在身上的浪漫，所以大家也叫牠「太陽魚」或「月光魚」。最特別的是，牠們還會跳Mola Mola「曼波魚」專屬的曼波舞呢！

正當我好奇該如何跳曼波舞時，其中一隻翻車魚嘟起了嘴、露出傻傻的笑，搖晃著身體向我游過來，邀我和牠一起共舞。

在灑著金色陽光的藍色舞臺，隨著有圓圓大大的身體、短短尾巴的翻車魚，跳著獨特的舞步，就像和一顆「會游泳的頭」一起跳舞，好有趣喔！

在海中搖晃著跳舞，真不是件容易的事，晃得我頭都暈了。看到另外一對翻車魚隨著海浪悠閒的漂浮著，

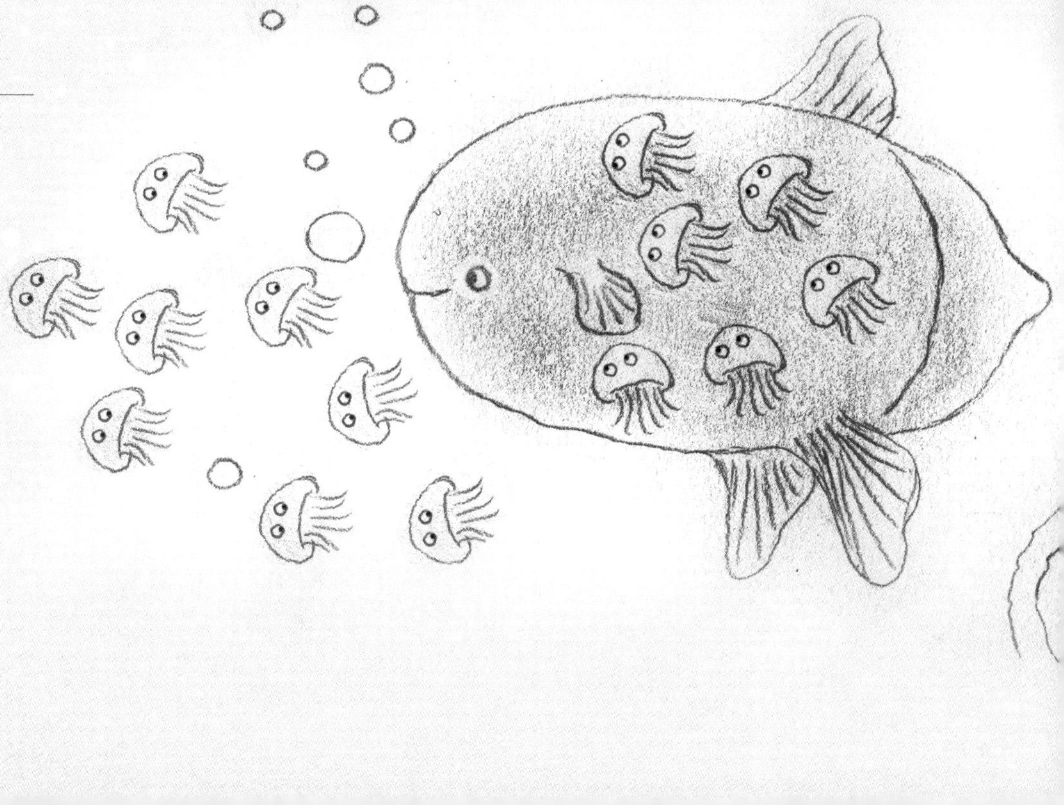

我也將身體放輕鬆，學牠們仰躺在海面上。

我瞇著眼睛，細細的陽光就像剛割過的小草，一根一根的扎在肚皮上，癢癢的，舒服極了。

我想，翻車魚一定老是咕噥著要去海面上散步，像個邊游邊思考的哲學家，「向右翻，左腦動一動；向左翻，右腦想一想……。」直到有一天，一隻長滿刺的海膽一不小心打在牠頭上，讓牠變聰明了，發明翻車定律。

我一邊漂流著，希望了解翻車定律的規則，一邊學翻車魚，向右，向左，向右，向左……整個人晃悠晃悠的。

不知道晃了多久，我發覺有東西用力刺向海中，湛藍的海水泛

起一片紅。我趕緊浮出海面一看，是一艘漁船，他們是來捕捉翻車魚的。因為知道翻車魚喜歡漂浮在海面上，只要用一把魚槍就可以射中牠們。

我驚訝又難過的看著漂浮在藍色大海中的血絲，越來越淡，越來越淡……。

那麼可愛的翻車魚，為什麼會被那麼殘忍的捕殺呢？人類已經有好多種魚可以吃了，為什麼還要吃翻車魚呢？

再一次見到翻車魚，是在臺東的水產試驗所。

陳叔叔說，野生的翻車魚越來越少，他們試著用人工的方式來養殖。但是那隻翻車魚很固執，不肯吃他們餵的食物，已經越來越

虛弱。

我摸著牠微微晃動的身體，心裡想：翻車魚只適合在大海裡生活，現在牠應該和我一樣，很想念漂浮在藍色果凍海中，曬著溫暖陽光的悠閒日子吧？

翻車魚

翻車魚有很多別名，例如「海洋太陽魚」、「月亮魚」或「會游泳的頭」，在臺灣我們則稱為「曼波魚」。

翻車魚主要靠背鰭和臀鰭擺動前進，游泳技術不好，速度又很緩慢，因此很容易被定置漁網捕獲，也常常被海洋中其他魚類吃掉。不過一條雌魚一次可產三億個卵，堪稱是最會生孩子的魚媽媽。

海洋

9 鯨魚渡船

許多候鳥，每年都會飛過廣闊的海洋，從遙遠的北方到溫暖的南方過冬。

只是我一直有個疑問：海那麼寬，要飛那麼久，萬一其中有一隻體力不支，該怎麼辦？

媽媽告訴我：「要上路之前，牠們會先做體能訓練，把自己變得很強壯。萬一飛到一半，體力不支或受傷了，就找艘船或最近的陸地，停下來休息。」

「萬一牠離陸地很遠，又連一艘船也看不見，該怎麼辦呢？」我還是不明白。

媽媽搔搔頭說：「有了！候鳥當中應該有醫護隊，會準備一張小網子，萬一同伴飛不動了，醫護隊就把牠放進網子裡，輪

流拉著牠飛。」

「如果那隻鳥太胖或網子破掉了，又該怎麼辦呢？」我還是覺得有問題。

這下子連媽媽都不知道該怎麼辦了。

不過，現在我已經幫牠們想到一個好主意了。

牠們可以搭乘鯨魚渡船啊！鯨魚那麼大，候鳥可以全部站在鯨魚的背上，輕鬆從遙遠的北方到溫暖的南方過冬。牠們還可以買來回票，鯨魚會算便宜一點。單程票：一百公斤的魚；來回票：一百五十公

斤的魚就行了。

「可是鯨魚不能太靠近海岸邊，會擱淺呀？」這次換媽媽提出問題了。

「放心好了，鯨魚的好朋友海豚，可以當接駁船，把候鳥送到岸邊去。要不然只剩下一點點的路程，候鳥也可以自己飛呀！」我對這個想法覺得很滿意。

所以我猜，以後候鳥要南飛時，就會看到很多座頭鯨、虎鯨、藍鯨、抹香鯨停靠在外海，海豚到處賣船票，接送候鳥到不同的鯨魚背上，讓牠們安安心心去度假。

一路上還會安排餘興節目。海豚表演頂球、搖呼拉圈、水上芭蕾舞；鯨魚表演水舞，高高低低的水柱，保證讓鳥寶寶玩得不亦樂乎。下過西北雨後，還可以乘著鯨魚快艇追彩虹；如果想享受浮潛、看熱帶魚的樂趣，鯨魚也可以變成潛水艇喔。

這真是太棒了！我想我應該先寫信問問鯨魚和海豚，願不願意開個「鯨魚渡船公司」？

黑面琵鷺

黑面琵鷺最明顯的特徵是像湯匙形狀的鳥嘴，全身雪白的羽毛，配上一對黑色的長腳，再加上優雅的動作，因此有人稱牠「黑面舞者」。到了繁殖季節，牠們頭部後方和頸部還會長出黃色的羽毛，變得更特別。

黑面琵鷺是在東亞一帶具遷移性且瀕臨絕種的大型候鳥，牠們經常聚集在河口淺灘、荒廢魚塭等地捕捉魚蝦。每年到臺南市曾文溪口過冬的黑面琵鷺就占全球族群量三分之二以上，所以被國際鳥類團體及保育機構視為最有價值的保育區。

10 海洋筆記

守護海龜的天使

「拉拉，快打包行李，我們今晚要到蘭嶼執行祕密任務喔！」

兔兔姨剛從山上完成錄音工作回來，就把我和她要做自然觀察的大小背包放到車上，開車前往富岡漁港。

最喜歡祕密的我，興奮的說：「到底是什麼祕密任務，一定要晚上才能執行呢？」

「這是我去錄蘭嶼角鴞的聲音時，在特殊地方發現的。我一定要讓你親身體驗，晚上你就知道了！」兔兔姨對我眨眨眼。

我們搭上往蘭嶼的船，航行兩個多小時，我終於看到在夕陽照射下，紅紅的蘭嶼，也知道蘭嶼又叫紅頭嶼的原因了。

一直等到海邊民宿的時鐘指向十點，兔兔姨才要我穿上保暖的衣服和帽子，帶我走到沙灘上。我看到一個黑黑的人影朝我們走過來，嚇了一大跳，躲在兔兔姨身後。

「別怕！這是陳哥哥，他要帶我們去執行今晚的祕密任務。」兔兔姨抱著我說。

原來陳哥哥是海洋大學的學生，專門研究綠蠵龜。我們今晚的祕密任務就是——等待綠蠵龜媽媽上岸下蛋。

我們靜靜的坐在沙灘上，不敢開口說話，也不能開燈，因為陳

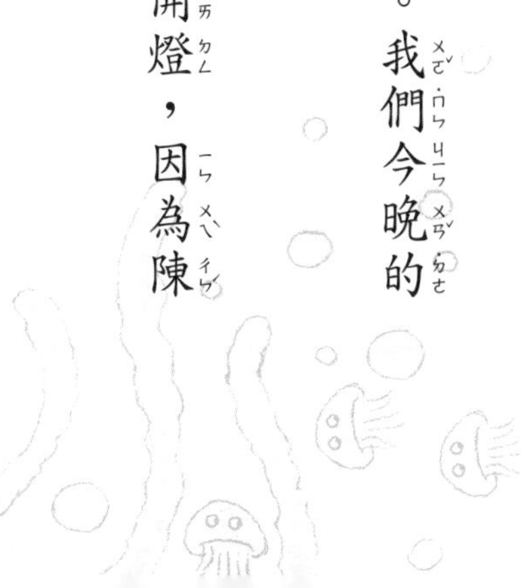

哥哥說綠蠵龜媽媽如果聽到聲音或看見燈光，就不敢上岸下蛋了。

我們等了好久好久，我伸長脖子看了又看，就是沒有看見綠蠵龜。我覺得好無聊，輕輕撥開纏繞我雙腳的頑皮馬鞍藤，小小聲的問陳哥哥：「綠蠵龜什麼時候才會上岸？」

「這就要看你的運氣了！」陳哥哥說有時候連續等了好幾個晚上，也沒見到一隻綠蠵龜。不過，他說一個人靜靜的坐在黑暗的沙灘上，聽著海浪拍打著岸邊，細沙緩緩流過的聲音，就會覺得好寧靜、好幸福。

不過有一次，他看見一隻上岸下蛋的綠蠵龜媽媽被倒翻過來，已經奄奄一息了。他趕快把牠翻回去，望著綠蠵龜媽媽慢慢閉上眼睛，他好傷心。

他還說一隻海龜通常要花二十到五十年才能長成成龜，但是人們的惡作劇卻害死牠們。要不是為了下一代，牠們也不會冒險到沙灘下蛋。除了蛇和螃蟹會來偷蛋之外，小海龜從蛋中孵化後，在爬到海裡的過程可能被海鳥吃掉，到了海裡還會遭受肉食性魚類的攻擊。天敵太多，一隻小海龜能平安長大真的很不容易。

所以每年這個季節，他都會來海邊巡邏，希望讓綠蠵龜媽媽安全上岸下蛋。他也會記錄小海龜孵化的數量，並幫助牠們安全返回大海中。

我望著陳哥哥慢慢走向海邊的背影，問兔兔姨：「你有沒有看

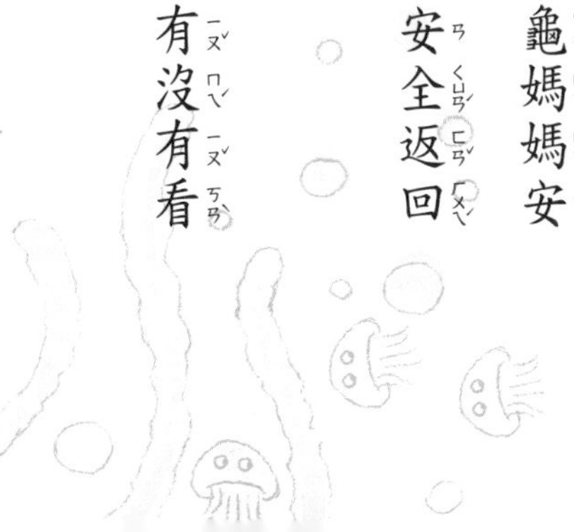

見陳哥哥的背上有一對翅膀？他是守護海龜的天使呢！」

兔兔姨瞇著眼睛仔細的看：「真的耶！而且翅膀閃耀著彩虹的顏色喔！」

「咦？天使的翅膀不是雪白的嗎？」我納悶的問。

「天使的翅膀會隨著他做的善事而慢慢變成彩虹的顏色，陳哥哥幫助那麼多海龜，一定會有彩虹翅膀啊！」

陳哥哥突然轉過頭來，小聲的說：「噓！我聽到不一樣的海浪聲，應該有綠蠵龜上岸了。」

我和兔兔姨馬上停止說話，專心看著一波波湧上沙灘的海浪。

沒多久，我看見月光下，一隻巨大的綠蠵龜在逐漸退去的波浪中出現了！

牠慢慢爬上沙灘，找到適合的地方之後，開始努力的用腳撥開沙子，挖出一個大洞。我想要靠過去看清楚，但陳哥哥說絕對不能打擾牠。

綠蠵龜媽媽花了好長一段時間才生下所有的蛋，再用沙子把蛋蓋起來。

看著綠蠵龜媽媽拖著疲憊的身影，一步一步慢慢走向海邊，我覺得牠真的好偉大！

兔兔姨抹去臉上感動的淚痕，抱著我說：「天下萬物的媽媽都很偉大。」讓我也突然好想媽媽喔！

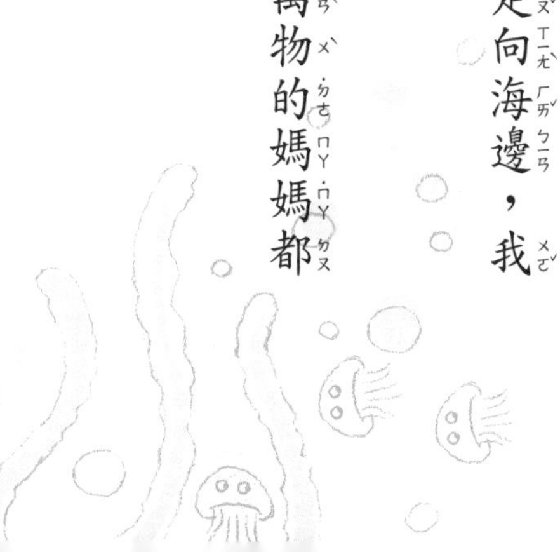

「你們快過來看！」陳哥哥對我們揮揮手。

為了記錄這窩蛋的數量，陳哥哥輕輕撥開沙子，我看見一顆顆潔白晶瑩的海龜蛋躺在黑色的沙坑中，就像一顆顆的珍珠落在細沙的懷抱裡。我數了數，總共有一百多顆呢！

「為什麼綠蠵龜媽媽要把蛋下在沙坑裡呢？」我好奇的問。

陳哥哥說：「沙子的熱氣可以幫助蛋更快孵化啊！」

陳哥哥做好記號和防護，拍照做記錄之後，我和兔兔姨幫忙把沙子填回洞裡。

凌晨一點多，我們跟陳哥哥揮手說再見，我答應他，長大之後也要當個守護海龜的天使。

我和兔兔姨要走回民宿的時候，回頭剛好看見一顆流星從天上落下。「啊！流星！」我馬上低頭許願，希望每隻小海龜都能平安回到大海，跟牠們的媽媽見面，一起快樂的生活在大海裡。

綠蠵龜

綠蠵龜的體色是棕色或墨黑色，不是綠色，因其體內的脂肪呈墨綠色而得名。以海草或大型海藻為食。多分布於各大洋的熱帶及亞熱帶海域。成年龜背甲長約九十～一百二十五公分，體重超過一百公斤。母龜每年會回到出生地的沙灘產卵。牠會花好幾小時用前肢挖出一個七十～一百公分的產卵洞，平均一窩大約有一百顆乒乓球大小的龜卵。靠著陽光的熱量讓沙子溫度升高到攝氏二十八～三十點三度之間，經過五十天，小綠蠵龜就會破殼而出。目前全世界只剩下大約二十萬隻可以產卵的母綠蠵龜，被列為瀕危物種，必須受到保護。

分享大自然的禮物

我的山林和海洋自然觀察筆記得到老師的讚賞，因為我在筆記中用圖畫、相片、文字記錄大自然的風和雨水、生命的誕生，還有分享愛的喜悅與悲傷。而不是只在網路上捉取資料圖片，完成一項作業而已，她希望我能和同學們分享在大自然中的感動。

我展示我的筆記，說著一個又一個我和兔兔姨、爸爸、媽媽和朋友們在大自然中的感動、驚奇與喜悅。當說到睫毛上的彩虹時，大家都開心的拿起水壺想要滴在睫毛上試一試。同學也紛紛要求到阿嬤家看畫圖蟲、蟲蟲菜園，到紅葉星星谷看星星。也說下次到海

邊時不要隨意撿貝殼，否則寄居蟹會難過的。而說到夏蟬寶寶無法成功蟬蛻的難過心情，我在同學眼中彷彿又看到那隻晶亮的左眼，泛著淚珠的閃光。

涼風從敞開的窗戶吹進教室，同學們紛紛閉起雙眼，感受風的氣味。風裡有花草的清香、綠葉的青嫩味、灑水後的陽光溫暖氣味，還有讓大家肚子咕嚕咕嚕叫的甜蜜飯菜香。

我把兔兔姨從山中寄來的信打開，陣陣令人放鬆的花香瀰漫在教室中，信上還貼著一朵叫「高山兔兒風」的小白花，我打開信，唸給大家聽：

親愛的拉拉：

很高興有機會和你一起完成自然觀察筆記。我想和你分享，我們會記得的經常是一閃而過的念頭，令人迷醉的氣味，當你親身去聽、去看、去感覺時，就會發現大自然的美。

每一朵花的綻放、每一株小草的誕生都不是無緣無故的，只要你安靜一點，再安靜一點，就可以聽到大自然的歌唱。

等我回家，期待再和你一起去大自然聽風唱歌！

愛你的兔兔姨在玉山

分享完兔兔姨的信之後，我看到大家的臉上都露出甜甜的微笑，我們約好下次一起去大自然聽風唱歌，一起搭高麗菜公車去看畫圖蟲的畫展，有機會還要挑戰登上臺灣第一高峰玉山，親眼看見臺灣的美。

我闔上自然觀察筆記，心中洋溢著幸福的感覺。我想這只是一個開始，我要學習兔兔姨用更有趣的、更有想像力的方式去感覺大自然送給我們的禮物，也把這份喜悅與感動和更多人分享。

或許將來的某一天我們會在森林裡、大海邊相遇，當我邀請你加入我們的遊戲時，請開心的與我們分享大自然的禮物。

分享你的自然觀察筆記

學習單設計／師鐸獎得主．《生物課好好玩》作者　李曼韻

1. 我們進到山林從事自然觀察時，背包中應該要準備哪些東西？

2. 進入自然環境之中，需要注意哪些事情，才能既安全又不傷害生態，也享受到觀察的樂趣？

3. 你參觀過菜園嗎？菜園中可以觀察到哪些動植物呢？

4. 你看過螢火蟲嗎？若有，請問你是在什麼月分、什麼地方看到哪一種的螢火蟲呢？為什麼在那裡可以看到螢火蟲？螢火蟲屬於完全變態的昆蟲，牠的幼蟲期和成蟲階段所吃的食物一樣嗎？

5. 什麼是潮間帶？你去過潮間帶玩嗎？如果有，你在那裡看到了哪些生物？如果沒有，你知道潮間帶有哪些有趣的生物呢？

拉拉的自然筆記

國家圖書館出版品預行編目(CIP)資料

拉拉的自然筆記／嚴淑女 作；郭惠芳 繪. -- 第三版.
-- 臺北市：親子天下股份有限公司, 2022.06
192面；17X21公分. --(樂讀456系列；86)

ISBN 978-626-305-228-4(平裝)

863.597　　111005983

作　　者｜嚴淑女
繪　　者｜郭惠芳、吳芷寧

責任編輯｜江乃欣
美術設計｜陳怡今
封面設計｜蕭雅慧
內文照片提供、攝影｜
中華民國荒野保護協會李潛龍（五色鳥、黑面琵鷺）、陳文仁（攀木蜥蜴），風城潛旅（寄居蟹、積雨雲、綠島、朝日溫泉），李素卿（招潮蟹、臺灣紋白蝶）、Shutterstock
行銷企劃｜劉盈萱、溫詩潔

天下雜誌群創辦人｜殷允芃
董事長兼執行長｜何琦瑜
媒體暨產品事業群
總 經 理｜游玉雪
副總經理｜林彥傑
總 編 輯｜林欣靜
行銷總監｜林育菁
副 總 監｜李幼婷
版權主任｜何晨瑋、黃微真

出 版 者｜親子天下股份有限公司
地　　址｜台北市 104 建國北路一段 96 號 4 樓
電　　話｜（02）2509-2800　傳真｜（02）2509-2462
網　　址｜ www.parenting.com.tw
讀者服務專線｜（02）2662-0332　週一～週五：09:00~17:30
讀者服務傳真｜（02）2662-6048　客服信箱｜ parenting@cw.com.tw
法律顧問｜台英國際商務法律事務所．羅明通律師
製版印刷｜中原造像股份有限公司
總 經 銷｜大和圖書有限公司　電話：(02) 8990-2588

出版日期｜2022年6月第三版第一次印行
　　　　　2024年9月第三版第三次印行
定　　價｜330元
書　　號｜BKKCJ086P
ISBN｜978-626-305-288-4（平裝）

訂購服務
親子天下 Shopping｜shopping.parenting.com.tw
海外．大量訂購｜parenting@cw.com.tw
書香花園｜台北市建國北路二段6巷11號　電話（02）2506-1635
劃撥帳號｜50331356　親子天下股份有限公司